# Agnes Grey

*by* Anne Brontë

# 艾格妮絲•格雷

安・白朗特◎著　　伍晴文◎譯

好讀出版

## 【推薦序】人人都是女配角

姊妹淘專屬作家　貝莉

我很遺憾地要宣布一件事，大多數人，都無法成爲眞正的女主角。雖然我們必須掌握自己的人生、愛自己、渴望精采不凡，但大多數時候，我們都是女配角。

無論是排除眾議，疑似愛上ＣＩＡ頭子終不悔的女博士；苦守寒窯，等著醫師功成名就，最後卻被一腳踢開的糟糠妻；還是網路上細數著被連劈好幾次腿，卻還是傻氣相信的女孩們……。某種程度上，她們只是渴望愛的普通女人，而這樣的普通女人，在二〇一一年的夏末秋初成爲話題人物，再過一兩季，人們依舊會把她們忘記。

而我們，就是過著這樣的人生，本書女主角艾格妮絲．格雷也是。

身爲家庭女教師的艾格妮絲，用我們現在的角度來看，就是一個普通的上班女郎（Office Lady）。有點專業技能，不是富家千金，但家教良好、儀態得宜。個性害羞，在團體中不是活躍的人，不過很盡本分，心中有許多自己的想法，可是爲了生活、爲了要在職場中生存，她向來隱藏自己的情緒，不過仍舊把持著自己所堅持的，可是，有時又害怕在這充滿虛榮跟歪理的世界裡，向下沉淪。

可是，她也有純善美好的地方，遠方的家人給她力量，單身女子對愛的渴望也沒有少，縮衣節食地存錢，只爲了有個安逸的未來，虔誠的信仰給予她強大的信念，安撫她寂寞的心靈。

你會很訝異地發現十九世紀的女性與二十一世紀的我們，要面對的問題竟如此雷同。你會發現原來我們都曾經在開始就業時，對工作有如此多美麗的夢想，最後卻與事實有如此多的差距，只能苦中作樂地給自己出路。

我想，這本小說之所以可以如此精準地道出我們這些高不成、低不就，存款不多，但是有小小願望跟理想的「小資女孩」心聲，主要是因爲作者安・白朗特在眞實生活中的身分如此。她擔任多年的家庭教師，是姊妹們中最小的那位，不像一般小妹妹被溺愛、驕縱，因爲她有兩位才華洋溢、廣爲人知的姊姊，分別創作了經典文學小說《簡愛》跟《咆哮山莊》，而同樣具有創作天賦、熱愛寫作的她，可以用另一種高度創作，更貼近我們、更親近我們，會有對現實無奈的認知，也有少女情懷的樂觀，卻不過分誇大。

經典文學，有時候並不如大家想的這麼有距離，就像電影和大眾小說《ＢＪ單身日記》裡，有無數的橋段是在跟珍・奧斯汀的數本著作，如：《傲慢與偏見》、《理性與感性》和《勸服》……致敬，裡面有許多精闢的言詞觀點，甚至比我們如今去檢視自身、生活還有社會關係時更精確。

《艾格妮絲・格雷》也同樣有了精采的詮釋，且更貼近我們的生活，是小康生活裡，平凡深刻也充滿睿智的生活與幸福觀。

其實，多半電影以及小說裡的女配角，總是沒女主角坎坷，也多半過得有著平順幸福的美滿日子，不是特精采，可那才是眞正的生活啊！

所以，當女配角沒什麼不好，當女配角才是大福氣。讓我們一起，朝著雖遇到小小困苦也絕不氣餒，並且最終得到穩定幸福的女配角艾格妮絲邁進！

## 【賞析導讀】維多利亞時代淑女教師日記：《艾格妮絲・格雷》

中華民國英美文學學會理事長
交通大學外文系特聘教授
馮品佳

喜愛十九世紀英國文學的讀者對於白朗特姊妹（the Brontë sisters）必定不陌生，然而除了以《簡愛》（*Jane Eyre*）聞名的夏綠蒂・白朗特（Charlotte Brontë），以及以《咆哮山莊》（*Wuthering Heights*）著名的艾蜜莉・白朗特（Emily Brontë）兩姊妹之外，鮮少有人提及同樣才華洋溢、卻佳人早逝的小妹安・白朗特（Anne Brontë）。白朗特三姊妹在一八四六年以中性的柯育爾、艾利斯與阿克頓・貝爾（Currier, Ellis, and Acton Bell）之筆名，自費出版了三人詩作的合集。這部詩集雖然出版當時乏人問津，但是三姊妹再接再厲，轉向小說創作，在一八四七年接連出版了《簡愛》、《咆哮山莊》與《艾格妮絲・格雷》（*Agnes Grey*）三部小說，奠定了白朗特姊妹在英國文學史上的重要地位。一般而言，文學批評家多認爲僅有一部小說傳世的艾蜜莉是姊妹中的天才型人物，而夏綠蒂則較多產，也最早成名。

相較之下，安彷彿活在兩位姊姊的陰影之下，她看似平和又寫實性的筆法，與兩位姊姊情感濃郁又充滿志異（gothic）性質的書寫大相逕庭，難以召喚出讀者強烈的反應。然而，熟知另一位十九世紀英國文學女作家珍・奧斯汀（Jane Austen）經典作品的讀者，卻能夠在安・白朗特的小說中發覺似曾相識之感。艾格妮絲・格雷幾乎可謂《勸服》（*Persuasion*，一八一八）中的安・艾略特（Anne Elliot），或是《曼斯菲爾德莊園》（*Mansfield Park*，一八一四）中芬妮・普萊斯（Fanny Price）的文學姊妹。

所以安・白朗特究竟是誰？她是白朗特家族的么女，一歲時母親身亡，由姨母照顧長大，十九歲左右就開始寄人籬下擔任家庭教師，五年之後返家定居，開始與姊妹們共同致力於文學創作。安幼時與兄姊建構了〈安貴亞〉（*Angria*）的想像世界，十一歲時又與艾蜜莉共同創作了〈剛道爾〉（*Gondal*），爲其中人物編寫故事，可見其想像力之豐富。《艾格妮絲・格雷》取材於她自己的親身經歷，以一位家庭女教師的日記之名記錄女主角的職場遭遇，相當具有寫實性及社會意義，廣受歡迎。她的第二本小說《威德菲爾莊園的房客》（*The Tenant of Wildfell Hall*，一八四八）也極爲暢銷，第一版在六週之內售罄，因爲描寫已婚女子逃離墮落的丈夫獨立撫養幼子的故事，被喻爲是白朗特姊妹小說創作中最驚世駭俗之作。可惜一八四九年安在二十九歲的盛年如同兄姊一樣因肺癆過世，其後夏綠蒂決定不再版《威德菲爾莊園的房客》，其意雖在保護安・白朗特的淑女名聲，卻也使她在英國文學史中沉寂多年。

《艾格妮絲・格雷》雖是作者自傳性的作品，嚴格而言與《簡愛》一樣都是屬於維多利亞時代的家庭女教師小說（the governess novel）此一次文類。而且雖然《簡愛》較早出版，《艾格妮絲・格雷》卻成稿在先，某種程度上可謂妹妹啓發了姊姊寫出其成名之作。

家庭女教師小說在維多利亞時代之所以受到矚目，主要與社會背景、女性工作與自我發展等議題有關。自一八四〇年代以降，維多利亞女王治下的英國經常討論家庭女教師的社會地位與責任權利。家庭女教師的來源幾乎都是受過良好教育的中產階級女性，多半因爲家道中落而走上就業一途，顯然不同於一般的僕傭。然而這些女性由於經濟因素必須拋頭露面進入職場，迥異於傳統中產階級女性固守家庭私領域的「家中天使」形象，她們的社會地位因而動搖，形成上下皆難以適從的尷尬地位。《艾格妮絲・格雷》中就多次描寫艾格妮絲如何遭到主人親友漠視、甚至侮辱的場景，以及她如何努力壓抑住心中的不滿而委曲求全。艾格妮絲因爲做牧師的父親投資失利，所以十九歲不到就自願離家，接下第一份家庭女教師的職務，但是很快即發現自己夢想許久的教師頭銜其實「根本就只是個笑話」（見第三十三頁），完全不受家長與學生尊重。艾格妮絲曾半嘲諷地自道在陪伴小姐們與紳士散步時要「被動安靜」，「因爲聽話和順從就是一個家庭女教師所應扮演的角色」（見第一一二頁）。更諷刺的是就連原本屬於社會低階的僕人也會察言觀色，很快察覺到主人如何輕視艾格妮絲，「於是他們也以同樣標準來調整對待我的態度」（見第七十五頁），讓原本經常捍衛僕人利益的艾格妮絲備受傷害。艾格妮絲處於夾縫中邊緣性地位，忠實反映了十九世紀家庭教師因爲社會地位滑落而產生的焦慮，從而帶引出中產階級女性身處此種工作環境之下是否有成長機會的問題。

另一相關議題是家庭教育問題。僱用家庭女教師在某種程度上展現了雇主的經濟實力，因此有許多暴發新富往往以此作爲爬升社會階級的表徵。家庭女教師的邊緣地位使得她們成爲最佳觀察者，而此類小說也經常藉由女教師在不同家庭的工作歷程，呈現這些富而無禮的家族風貌。其中最寫實的層面應該是家長們的粗俗與諉責。艾格妮絲所任教的第一個家庭裡的家長就毫無身教，不但粗暴無禮，且縱容兒童殘殺生靈，致使艾格妮絲為了不讓一窩小鳥遭到家中小主人虐殺而親手將牠們用石頭砸死。儘管艾格妮絲自己也對小鳥施以暴力，此一場景的張力卻主要來自於艾格妮絲所受到的外在壓力，致使深受基督教誨的淑女在身處暴力環境時竟也不由自主地受到耳濡目染。更諷刺的是女主人斥責艾格妮絲不該「干涉布朗菲爾德少爺的娛樂」（見第五十三頁），以及其後兩人為了人類與其他生靈孰輕孰重進行辯論。艾格妮絲引用聖經章節對抗女主人的情節，說明了作者勸世的意圖，然而聽者藐藐，也暴露出當時中產暴發戶缺乏家教的社會現況。

《艾格妮絲．格雷》中兩位女主人與艾格妮絲之間關係都相當冷漠、甚至敵對，儘管兩個家庭背景一是新貴、一是鄉紳，然女主人對於家庭教師的要求則極為相似，就是扛下所有「養不教」的過失。布朗菲爾德太太的孩子本身「缺乏教養、野性難馴」，卻以艾格妮絲「不夠堅定、不夠努力，也沒能持續不斷地關心他們」（見第五十五頁）而解僱了她。第二位雇主莫瑞夫人雖然沒有解聘她，作者卻透過其口直接道出家長認為家庭教師應當為學生「忘我」的要求，視教師與學生的名聲相連為「理所當然」：「要是家庭教師想在事業上成功，她就必須奉獻全部精力在她所從事的工作上……她知道儘管自己從不為人所見，學生的美德和缺點卻是大家都看得到的，除非她能忘我的投入教育工作中，否則就別想成功。」（見第一五七頁）因此家庭女教師既要甘於隱形人的邊緣地位，又要甘願成為負責學生教養的代理家長，卻不具備教養的實權，而母親的責任則只需要爲女兒覓得多金良婿。小說中作者以莫瑞小姐失敗的婚姻證明莫瑞夫人的教育原則極不可取，也暴露了維多利亞時代家庭教育潛藏的重大問題。

小說的另一發展軸線是家庭女教師的終生幸福何歸，也就是女性成長故事中不可或缺的婚姻情節。艾格妮絲與韋斯頓先生的愛情故事看似平淡，實則在淡泊中尋找幸福的眞諦。韋斯頓先生爲艾格妮絲摘取三株櫻草花的場景，除了爲兩人製造愛情的契機，讓兩人得以暢談人生展望，也訴諸浪漫傳統，藉由對大自然的欣賞情懷反映角色的良好德性；而韋斯頓先生細心體貼的舉止也展現了眞正的紳士風度，與周遭忽視家庭女教師的男性成爲鮮明對照。相對於莫瑞小姐以勾引男性滿足虛榮心的舉止，艾格妮絲的自制壓抑分外符合維多利亞淑女的規範，亦間接否定莫瑞夫人強要將教師與學生名聲相連的謬論，批判了當時對於家庭教師不合理的要求。

愛爾蘭作家喬治・摩爾（George Angustus Moore，一八五二至一九三三）在一九二四年時稱讚《艾格妮絲・格雷》是英國文學中最完美的敘事小品（"the most perfect narrative in English literature"）。即使是透過中文翻譯，讀者依然可窺見安・白朗特平實但深具洞察力的書寫風格。天才的早逝總是令人扼腕，所幸華文世界的讀者得以透過此一版本親近安・白朗特以生命經驗爲題材所創作的第一部小說，亦可稍解遺憾！

# Chapter 1
# 第一章　牧師之家

所有眞實歷史皆潛藏訓義。只是某些故事裡的寶藏或許不是那麼容易尋得，而當你找到時，它的分量又是那麼地少，就好像不值得爲了一枚乾癟的果仁要我們費盡心力，卻只是爲了要剝開那顆硬殼果一樣。

我的故事是否亦似如此，我也說不準。有時我會想，這故事或許對某些人有所幫助，或許可以當作其他人的閒暇消遣。然而究竟如何，還是讓世人自己來判定吧。由於我只是個默默無聞的人，所講的故事也都是些陳年往事，再加上一些虛構的名字，才膽敢冒險一試，將一些連對我最親密的友人都不願意透露的事情，忠實地呈現在各位面前。

家父是北英格蘭的一位牧師，所有認識他的人都十分尊敬他。他年輕時，憑著擔任教職所得的微薄薪資和一小筆足以維持生活的財產，日子倒也過得挺愜意。而家母不顧親友反對嫁給父親，她是出身自鄉紳家的小姐，一位相當有主見的女子。即使家人警告她說，一旦她成爲那位窮牧師的妻子，就得放棄馬車、侍女，以及所有的奢華用品與優渥高雅的生活，也絲毫改變不了她的決定。這些對她來講，原本就不是生活中的必需品。雖然有馬車及侍女會讓生活便利許多，不過，感謝上帝，她有雙腳，可以自己走路；有雙手，可以料理自己的生活起居。一座高雅的房子與寬敞的庭院固然很好，然而，她還是寧願跟著理察．格雷住在鄉間小屋，也不願意和其他人住進宮殿華宅。

最後，她父親終於瞭解無論怎麼勸說也毫無作用，便告訴這對戀人，他們可以依照自己的意願結爲連理，但結婚之後便必須放棄女方所有的財產。他原以爲這番話能讓他們的熱情冷卻下來，但卻未能如願。我的父親深知母親本身有多珍貴，根本不在乎她是否能帶來任何財富。只要她答應嫁給他，便讓他感覺有如家財萬貫了，無論是什麼條件，他全樂意接受。至於母親，則寧願用自己雙手勞動，也絕不願意與她心愛的人分開；能讓他幸福，就是她的快樂，他們的心靈早已融爲一體。因此她的那份財產就這麼落入那位比她精明的妹妹手中。她的妹妹嫁給了某位大富翁，而她卻隱居在山間一座簡樸的鄉村牧師小屋，所有認識她的人都無法理解，並抱著同情之心爲她感到惋惜。儘管母親的性格較爲沉穩堅毅，父親總是衝動行事，但我想即使找遍全英格蘭，也找不到比他們更幸福的一對了。

在六個兒女中，只有姊姊瑪麗和我兩個，平安度過嬰幼兒時期的種種危厄存活下來。我比瑪麗小五、六歲，總是被當作娃兒、家中小寶貝看待，爸爸、媽媽、姊姊全寵著我。然而他們也不是一味地縱容我，讓我成爲任性不講理的人，而是毫無條件地關愛著我，這讓我缺乏自主能力，事事都想要依賴別人——我實在太不適合生活在充滿煩惱與紛擾的世界了。

瑪麗和我在一種與世隔絕的環境下長大。由於母親多才多藝、學識廣博，凡事喜歡自己來，便一手包辦我們的教育，只有拉丁文這門課是由父親特別傳授。因此，我們甚至從未上過學。住家附近又沒有什麼社交圈，我們與外界僅有的接觸，就是偶爾和鄰近的農人及商人舉辦一場茶會（免得鄰居說我們太過驕傲，不屑與他們爲伍）。除此之外，就是一年一度拜訪爺爺家。在爺爺家裡，我們也只能見到爺爺及慈祥的奶奶、一位未婚的姑姑，以及兩三位老先生和老太太。母親有時會講點故事和她年輕時的趣事幫我們解悶，聽得津津有味之餘，常常讓人（至少我是如此）暗自希望能多瞭解這個世界一些。

我想，母親以前的生活應該很快樂，但是她似乎從不留戀以前的生活。而父親，本來就不是平靜或開朗的人，常因爲想到他的愛妻爲他所做的犧牲，而無謂地折磨自己。爲了她、也爲了我們姊妹倆，他總是不斷地盤算著各種能增加他那份小小財富的計畫。無論母親怎麼跟他說她對目前的生活已經很滿意了，他老是聽不進去。母親說，如果他能爲孩子們存一小筆錢，那麼無論現在或未來，就可以生活無憂。但是儲蓄從來就不是父親的長項。他雖然還不至於落到負債的地步（至少，母親非常注意不讓他這麼做），但是，只要他手邊有一點錢，肯定得花光光。因爲他喜歡看到自己的房子布置得很舒適，妻女穿戴得漂漂亮亮的，讓人伺候得很好；而且他生性慷慨，總喜歡盡力救濟窮人，有些人甚至會認爲他所做的善事，已經超過他的經濟能力了。

最後還是有一位好心的朋友向他提出一項建議，說能讓他的財產立刻增加一倍，之後還會繼續增加到無法想像的數目。這位朋友是位勇於冒險的商人，才能也毋庸置疑，他當時正想做一筆生意，但因爲資金短缺而苦惱不已。於是他慷慨地提議，倘若父親能信任他，把自己所能籌措到的資金全部交託給他，日後將分給父親十分優渥的利潤，並同時保證，父親交給他的每一分錢，他一定能加倍償還。父親很快就決定將他小小的祖傳產業售出，將全部所得款額都交到這位好心的商人朋友手上。這位朋友便立刻裝好貨物，啓航出海了。

父親開心不已，我們也跟他一樣滿心期待著美麗的未來。現在我們家的收入減少到只剩下牧師薪俸這一項了；但是父親似乎並不覺得需要因此而節省開銷，所以他在傑克遜先生店裡立了一份長期賒購的帳號，後來又在史密斯先生店裡立了第二份，在霍布遜先生店裡立了第三份。就這樣，我們的日子過得可比以前更加優渥了。儘管母親竭力主張我們最好還是避免超支狀況，畢竟現在還說不準是否眞能發財。如果父親能把一切交由母親安排，他就永遠也不會覺得家裡生活過於拮据了。但是，這一次他卻執意按照自己的心意做。

瑪麗和我那時度過多麼愜意的一段時光啊。我們坐在爐邊做針線活兒，在石楠叢覆蓋的山丘散步，或是悠閒地在沙沙搖曳的白樺樹下（這是我們的花園裡唯一可稱得上大樹的）消磨時光時，總會談論我們和父母幸福的未來，遙想我們將來可以做些什麼、見到什麼、擁有什麼。事實上，我們心中這些美麗的藍圖，都建立在不穩固的基礎上，只是一味地盼望那位好心商人能大展鴻圖，爲我們帶來一筆可觀的財富。父親的想法幾乎和我們姊妹倆一樣糟糕，只不過他裝出一副不是那麼熱切的樣子：總是以玩笑、打趣的方式來表達他對未來的樂觀期待，他的詼諧總讓我折服，是那麼地機智、愉快。母親看到他滿心希望與歡樂，也會高興地露出笑容，但是她仍擔心父親把過多的期望寄託在這件事情上了。有一次，她走出房間時，我聽到她低聲說道：「但願上帝別讓他失望，否則我眞不知道他該如何承受得起。」

結果還是讓他失望了，而且還是重重一擊。這消息就像晴天霹靂般打在我們全家人頭上：裝載著我們所有財產的那艘船失事了，帶著全部貨物、幾名船員和那位不幸的商人一起沉落海底。我爲這位商人朋友感到悲傷，也爲我們憑空打造的城堡而傷心，不過我畢竟還有著年輕人的堅韌，很快就從這個打擊中恢復過來。

儘管富裕的生活頗誘人，但是對於像我這樣毫無人生經歷的年輕女孩來說，卻也不覺得貧困可怕。說實話，想到我們已陷入絕境，以後全得靠自己時，反倒令人精神大振。我只希望爸爸、媽媽、瑪麗也跟我有同樣的想法，不要再爲已經發生的不幸而難過，應該重振精神努力工作來彌補所有的損失。我們所遭遇的困難越大、生活越貧困，越是應該以更樂觀的態度來面對一切，努力不懈地克服困難。

瑪麗並沒有表現出非常失望的樣子，但是她始終無法完全走出這不幸的陰霾，無論我怎麼努力，也無法讓她從極度的沮喪中重新振作起來，無法讓她跟我一樣，從這件事情看到光明的一面。而我也怕他們會說我少不經事，不知事態嚴重性，所以我小心翼翼地將這些樂觀的想法跟重振精神的看法藏在心裡，因爲我清楚知道他們是聽不進去的。

母親一心只想好好地安慰父親、償還債務，並用盡各種辦法節省開支。然而，父親已經完全被這場災難打倒了；他的健康、體力及精神從此萎靡不振，無法完全恢復過來。母親竭盡所能地想透過他對宗教的虔誠、他的勇敢及對妻女的愛讓丈夫重新振作起來，但是這些都毫無效果。因爲他對我們的愛，正是讓他如此痛苦的原因：就是因爲我們，他才會如此想發財致富；爲了我們，他曾滿心期待，如今卻換得這樣的苦痛，讓他悲傷不已。現在他用悔恨折磨著自己，後悔當初不該不聽母親的忠告，否則也不至於債台高築——他不斷地責怪自己不該讓她離開那高貴、安逸、奢華的生活，跟著自己過著如此貧困憂勞又艱苦的日子；看著一位曾經如此亮麗、才華洋溢，受眾人欽羨仰慕的女人，如今竟變成一位忙於家務的家庭主婦，因家庭瑣事及經濟而忙得團團轉，眞教他難受。她則心甘情願操持這些職務，積極面對挫折，並對父親體貼入微，毫無責備之意。然而，這一切卻讓那位敏感且不斷自責的父親，產生全然相反的感覺，讓他更爲痛苦。心中的苦痛就這樣一直折磨著他的身體，造成他神經系統失調，而神經問題又反過來讓他心情更煩亂，最後眞造成嚴重的健康問題。我們誰也無法讓他相信，家裡的情況還遠不到他所想像的那麼悲觀絕望。

家裡那輛實用的敞篷馬車，連同餵養得健壯結實的小馬一起賣掉了，唯另外那匹我們寵愛的老馬，我們下定決心絕不能把牠賣給別人，要讓牠在家裡安養天年。那間小小的馬車房及馬廄都租了出去，男僕和兩名女僕中較能幹的那位（工資較高）也辭退了。我們的衣服不斷地縫補、翻改、又補，直到實在不成樣了才丟棄。原本就不大講究飲食的我們，如今更是簡樸到前所未有的境地，只保留父親最愛吃的幾道菜。煤炭和蠟燭則節省到可憐的地步，兩支蠟燭減爲一支，而且還得省著用。爲了節省煤炭，常讓壁爐半空著，尤其是父親上教區執行公務或臥病在床時；那時我們就坐著把雙腳擱在爐邊上，不時將餘燼刮收在一起，偶爾添一小撮煤末和小煤渣，讓火不至於熄滅。我們把那幾塊早就磨得露出織紋的地毯補了又補，比我們穿的衣服還要節省。爲了省下花匠的費用，就由瑪麗和我輪流照管花園。單靠那位年輕的女僕實在做不了烹飪及所有的家務事，於是母親和姊姊也幫忙分擔家務，我偶爾也會幫幫忙：但是只能幫點小忙，因爲即使我自認爲已是大人了，但在她們眼裡我仍是個孩子。而我的母親，就像所有能幹的女人無法成就出能幹的女兒一樣——正因爲如此，聰明又勤勞的母親從來不想把自己手邊的事交給別人做，相反地，卻樂意爲別人著想，把別人的事當作最重要的事盡心盡力。無論她手邊在做什麼，總覺得別人無法做得比她好。所以，每當我提議要幫忙時，我所得到的答案總是：「不用了，寶貝，這裡沒有什麼妳幫得上忙的。去幫幫妳姊姊，或者跟她出去散散步，跟她說別老是坐在屋裡，否則會越來越消瘦、沒精神。」

「瑪麗，媽媽讓我來幫幫妳，要不就和妳出去散散步。她要妳別老是坐在屋裡，否則整個人會消瘦、沒精神。」

「艾格妮絲，妳幫不上什麼忙，而且我也無法跟妳出去，我還有好多事情要做呢。」

「那就讓我幫妳吧！」

「親愛的孩子，妳眞的做不了。去練琴，或者跟小貓玩吧。」

家裡總是有很多針線活兒要忙，可我還沒有學會要怎麼裁剪一件衣服，只會做些簡單的鑲邊及縫口的活兒。但即使有這樣的工作，她們也不大會留給我做。因爲她們倆都覺得：與其費事幫我準備，還不如她們自己做來得省事；再說，她們寧願看我做功課或是玩耍，等我寵愛的那隻小貓咪變成不愛動的老貓時，我有的是時間像個端莊的主婦埋頭做我的針線活兒。在這樣的情況下，我並沒有比小貓有用多少，因此我整天遊手好閒也不是沒原因的。

雖然我們生活上有這麼多麻煩，但我卻只聽過母親抱怨過一次錢不夠用而已。那時已經快夏天了，母親對著瑪麗和我說：「要是能讓爸爸到海濱去休養幾個星期，該有多好啊。我相信海邊的空氣和環境的轉換，對他會很有幫助的。不過妳們也知道，我們並沒有這樣的預算。」說到這裡，她嘆了一口氣。我們姊妹倆打從心底希望這個提議能實現，但事實並不允許我們這麼做，眞是讓我們失望極了。

「算了，算了！」媽媽說：「光是抱怨也沒有用，或許我們能做些什麼來實現這個計畫。瑪麗，妳很會畫畫，何不畫出幾幅最棒的畫，和妳之前畫好的那幾幅水彩畫一起裱框，想辦法賣給懂得賞識這些畫的畫商，妳覺得如何？」

「媽媽，要是您覺得這些畫賣得出去，那眞是太棒了。只要是值得努力的事，我都願意去做。」

「是值得試試，不過親愛的，妳就放心作畫，我會想辦法找買主的。」

「我也希望能幫上點忙。」我說。

「妳，艾格妮絲！好啊，誰說不行呢？妳也畫得很好，若是選個簡單的題材，我敢說妳也能畫出讓我們驕傲得拿出來展示的作品。」

「不過，媽媽，我另有打算。這個想法放在我心裡已經很久了，只是一直沒有提出來而已。」

「眞的！跟我們說說看妳想做什麼？」

「我想當家庭教師。」

母親驚訝地叫出聲，接著便笑了起來。

姊姊也驚訝地放下手邊的針線活兒喊道：「妳當家庭教師，艾格妮絲！妳怎麼會有這樣的想法？」

「怎麼啦！我不覺得這有什麼奇怪的。我並不妄想自己能教大孩子，不過，我應該可以教教小孩子。我好喜歡這樣的工作，我很喜歡孩子。讓我做吧，媽媽！」

「但是，親愛的，妳連自己都照顧不好了呢。小孩子比大孩子還要難教，需要更佳的判斷力及經驗才能帶好孩子。」

「但是，媽媽，我已經滿十八歲啦，已經能夠好好照顧自己，並能照顧別人。您一點也不知道我有多聰明和謹愼，就只是因爲我從來沒受過任何考驗。」

「只要想想，」瑪麗說：「妳要到一個滿屋子全都是陌生人的家裡，身邊沒有媽媽和我幫妳說話、做事……妳不但要照顧自己，還要照顧一群孩子，連替妳出主意的人都沒有，妳要怎麼辦呢？妳就連該穿哪件衣服都拿不定主意了。」

「妳會這麼想，那是因爲之前我總是照妳們的話去做，所以妳們就以爲我自己一點主見也沒有。但是只要考驗我一次，我只要求妳們這麼做，就知道我能做什麼了。」

這時，爸爸剛好走進來，我們把正在討論的事情說給他聽。

「什麼，我的小艾格妮絲要當家庭教師！」父親這麼喊道，儘管他心情一直很低落，聽到這個想法時，還是忍不住笑出聲來。

「沒錯，爸爸，可別說出任何反對的話，我非常喜歡這項工作，我一定會做得很快樂的。」

「可是，我的寶貝，我們捨不得妳這麼做呀。」他說話時，眼眶泛著淚光，「不行，不行！儘管我們生活拮据，但還不至於落到這樣的地步。」

「沒錯！」母親說：「我們還不需要走到這一步，這完全是她自己異想天開的想法。別再說這種話了，這淘氣的孩子。儘管妳已經準備好離開我們了，但妳也清楚知道，我們可捨不得讓妳離開。」

在那之後好幾天的時間，我不再多說什麼，不過我並沒有完全放棄我的夢想。瑪麗準備好畫具，慢慢地開始認眞作畫。我也拿出畫具，然而當我一面作畫時，心裡卻想著別的事情。要是眞能當個家庭教師該有多好啊！走進眞實世界中，進入全新的生活；可以自主行動，發揮我潛在的才能，施展蘊藏於內部的力量。不僅可以賺取自己的生活費，還可以幫幫父母和姊姊，省下我這一份衣食開銷。要讓爸爸看看他的小艾格妮絲能有什麼成就，也讓媽媽和瑪麗相信，我並不是她們所想的那麼無能、缺乏主見。而且，能讓別人放心把孩子交給我來照顧和教育，這該有多好啊！無論別人怎麼說，我都認爲自己完全有能力勝任這份工作：我還清楚記得自己幼年時期的種種想法，這比任何成熟教師的教導更爲可靠有用。只要讓自己回到那些小學生的年紀，就能立刻知道要怎麼贏取他們的信任與喜愛：如何讓犯錯的孩子改過、讓害羞的小孩勇氣倍增、讓頑皮的小孩更乖巧；如何讓大家遵從美德、聽取教訓、崇愛又能領會宗教眞義。

眞是討人喜愛的工作！

教育幼小的心靈，成長茁壯！

培育幼苗，看著他們一天天綻放花蕾！

受到這麼多誘因的影響，讓我下定決心堅持自己的心意；但我又怕惹媽媽生氣，或讓爸爸難過，因此有好幾天的時間，我都沒再提起這件事情。後來，我終於私下又跟母親提起這件事，好不容易才讓她答應盡力幫我，接著也勉強得到父親的同意。儘管瑪麗仍一邊嘆息著說她還是不贊成，但是我親愛又慈祥的媽媽已經開始幫我到處打聽工作了。她向父親家的親戚寫信、留意報紙上的招聘廣告——母親和自己娘家的親戚早就斷絕往來了，自從她結婚以來，只偶爾寫過幾封禮貌性的信件而已，因此不可能因爲這件事情去請他們幫忙。不過由於父母親遠離社交圈已久，因此過了好幾個星期才幫我找到一份適合的職位。當我終於聽到有位布朗菲爾德太太願意把她的孩子交給我照顧時，眞是讓我雀躍不已。她是我那位好心腸卻又古板的格雷姑姑年輕時認識的一位太太，直說她是位很有教養的夫人。她的丈夫是一位退休商人，賺取了一筆相當可觀的家產，卻只願意付給孩子的家庭教師二十五鎊的薪資。儘管父母親認爲應該可以再找更好的額缺，但我還是欣然地接受這份工作，不想錯過這個機會。

然而，仍得等上好幾個星期的時間準備，這幾個星期對我來講實在是太漫長無聊了！不過，總體來說，那段時間還是很幸福的，充滿了光明的希望與熱切的期盼。最令我高興的是，我還幫忙縫製自己的新衣服，接著又開始打包行李！不過整理行李時，期待的心情也摻雜著一點苦澀。等一切準備就緒，隔天離家在即，到了臨行前的最後一個晚上，突然一陣難過之情席捲心頭。我親愛的家人個個神情憂傷，說話時又如此溫柔體貼，幾乎就要讓我掉下淚來，但我努力裝出雀躍的樣子。我和瑪麗最後一次到荒野、最後一次在花園散步，還繞了房舍走一圈；和她最後一次餵了我們心愛的鴿子。那些美麗的小傢伙在馴養下，已經敢從我們手中啄食了，當牠們圍攏在我的腿上時，我撫摸著牠們背上光滑的羽毛向牠們道別。我輕輕吻了我最愛的那對雪白扇尾鴿；我在那架熟悉的老鋼琴上彈奏最後一曲，並爲爸爸唱了最後一首歌。我希望這不是我為他唱的最後一曲，只是覺得自己要再為他唱歌，會是很久以後的事了。當我再做這些事情時，或許已經時移境遷：環境可能有所改變，這座房子也許不再是我安居的家。而我那隻可愛的小貓咪，肯定會變得不一樣——等我再回來時，牠一定已經長大了；等我再回來時，即使只是短暫地回來過聖誕節，牠也可能早已忘了昔日玩伴及過去那些有趣的淘氣事。當我最後一次和牠玩耍，當我撫摸牠光潔的軟毛，當牠躺在我懷裡低聲嗚叫，為自己唱催眠曲時，一股難掩的憂傷之情湧上心頭。接著，到了就寢時間，我和瑪麗回到那間安靜的小臥室，我的抽屜早已清空，書架上我平時放書的地方也空蕩蕩的——從此以後，瑪麗得獨自在這間屋裡睡覺，當她說那將是孤零零的感覺時，我的心愈發沉重了，開始覺得自己堅持要離開她是自私且錯誤的決定；而當我再一次跪在我們那張小床前禱告時，我懷著前所未有的熱誠地懇求上帝保佑她及爸爸媽媽。為了掩飾自己的情緒，我把臉埋在手裡，但雙手立刻滴滿了淚水。當我再次抬起頭來時，發現瑪麗也哭了，但我們倆誰也沒說話，就這麼靜靜地躺下來休息，只是將身子靠得更近些，因為我們都意識到，離別在即。

清晨又帶來新的希望與精神。我一大早就得上路了，這樣載我的那輛馬車才能在當天趕回來（那輛雙輪輕便馬車是從村裡賣布匹、雜貨和茶葉的商人史密斯先生那裡借來的）。一起床，我馬上梳洗、穿好衣服，匆匆吃了幾口早餐後，與父親、母親、姊姊深深的擁抱，也吻了貓，再和莎莉握手（這讓女僕莎莉大為不滿），便坐上馬車，把面紗拉下來蓋住臉，直到這時，我的淚水才如洪水般潰堤而下。車輪轆轆向前奔行，我回頭看時，親愛的媽媽和姊姊還站在門口凝望著，不停地向我揮手告別，我也向她們揮手，並衷心祈求上帝保佑她們。馬車往山下走，我再也看不見她們了。

「這真是個冷冽的早晨啊，艾格妮絲小姐，」史密斯說：「天空一片陰霾，像是要下大雨了，但願我們能夠在下雨前趕到那兒。」

「是啊，我也希望如此。」我盡量用平靜的口吻回答。

「昨晚也下了好大一場雨呢。」

「是啊。」

「不過這冷風或許會把雨吹走。」

「或許吧。」

我們兩人的談話就此打住。我們穿過山谷，開始爬上對面的山頭。當我們努力往上爬升時，我再次轉身往後看了一次：村裡教堂的尖塔高高聳立著，它的後面即是那棟灰色的教區牧師老房舍，倘佯在一縷斜陽下；即使那道陽光很微弱，然而村莊和周圍的小山都籠罩在陰影裡，我不禁讚嘆地看著這道漫灑的陽光，把它視爲我們家的吉光。我合起雙掌，誠摯地懇求上帝保佑住在那座宅裡的人們，隨即便趕緊轉過身，因爲我看到陽光已逐漸從那裡轉移開了。我小心翼翼地不再讓自己回頭看它，唯恐會看到它跟其他景物一樣，隱沒在陰影裡。

Chapter 2

# 第二章　教師的第一堂課

隨著馬車前行，我的精神又重新振作了起來，轉爲滿心歡喜地期待著即將步入的新生活。儘管那時九月中旬才剛過不久，但滿天密佈的烏雲和強勁的東北風，讓天氣異常冷冽而沉悶；而且這趟路程似乎相當長，因爲我聽到史密斯說這路「難走得很」。當然，他那匹馬的腳步也頗沉重，上下坡時都爬得很慢，只有在較平坦或坡度較小的馬路上，才像卸下重擔似的擺動身體快跑起來。只是這區地勢相當崎嶇不平，這樣的機會並不多。因此，我們快接近一點時才抵達目的地。馬車終於轉進了那座高高的鐵門，輕快地沿著壓整得十分平順的馬車道往高處行駛，兩旁是一大片綠色草坪，上面種著一些小樹。就這樣慢慢接近那座新穎又氣派的威爾伍德大宅。當我看到這座聳立在白楊樹林的大宅時，我的心卻讓自己失望了，當時眞希望我們還在一、兩英里外。因爲這是我有生以來第一次獨立生活，如今已沒有退路了。我必須走進這座屋子，向裡面的陌生人介紹自己。但是，該怎麼自我介紹呢？雖然我已經快滿十九歲了，但一直過著與世隔絕的生活，又備受母親和姊姊的保護與寵愛。我清楚知道，許多十五歲，甚至更小的女孩，在談吐方面比我更像成年女子，態度也比我更加從容不迫。然而，如果布朗菲爾德夫人是一位和藹如慈母般的太太，我應該還是可以從容應對，而且，我當然很快就會和那些孩子相處得融洽；至於布朗菲爾德先生，我希望自己和他不會有太多接觸的機會。

「鎭靜、要鎭靜，無論遇到什麼情況。」我在心裡這麼告訴自己。當我被領進大廳，來到布朗菲爾德太太面前時，我確實保持得相當鎮靜。由於我全心放在穩定心神上，幾乎忘了回應她的問候。當時我只用一種半死不活、悠悠忽忽的語調說了幾句話而已。事後想想，連自己都對這樣的表現感到很驚訝。等我有時間回想當時的情景時，我發現那位太太的態度也有點冷淡。她是個高瘦、冷傲的女人，有一頭濃密的黑髮、一雙冷漠的灰眸子、膚色偏黃。

然而，她還是相當禮貌地引領我到我的寢室，並讓我自己在那裡梳洗、休息一會兒。當我看到鏡中的自己時，著實嚇了一跳：一路冷風吹得我雙手又紅又腫，一頭亂髮糾結在一起，臉凍得紅紫。還不止如此，領子也皺巴巴的，上衣濺了污泥，腳上穿著那雙硬實的新靴子。由於行李箱還沒有拿上來，我實在無法好好地梳理自己，只好盡量將頭髮梳整齊一點，努力試著將那不聽話的皺領子拉平，這才拖著沉重的腳步走下兩段樓梯。我一邊走、一邊沉思著，還費了點工夫才找到路，走進布朗菲爾德太太正在等待我的廳室。

她帶我到餐廳，那裡已經準備好一頓家常便飯了。在我面前的是幾塊牛排和一些半冷的馬鈴薯。當我用餐時，她就坐在我對面，觀察著我（我猜應該是如此），並努力試著跟我說話，大部分都只是些很平常的話題，但口氣極爲冷淡拘謹。不過這可能要怪我，因爲我當時實在無法跟她對話。事實上，我的注意力幾乎都放在用餐上，倒不是吃得津津有味，而是因爲牛排實在老得讓我不知該拿它如何才好。再加上我的手在冷風裡吹了五個小時，早就不聽使喚。我只想吃完馬鈴薯，並不想吃那塊肉。可是盤中的那塊牛排實在是太大了，留在那兒不吃，未免有點無禮。我試著用刀子切、用叉子撕扯、試著把肉撕碎，但都沒有用。想到那位令人生畏的太太眼睜睜地看著這整個過程，我最後像個兩歲孩子似的雙手握拳拿著刀叉，使盡全力撕扯那塊肉，仍還是無法用我僅剩的力氣順利切開牛排。不過，我想我得爲這種舉動道歉，於是勉強笑了一下說：「我的雙手凍得發麻，根本就握不住刀叉了。」

「我想妳是覺得冷了。」她冷冰冰地回答，嚴肅的態度一點也沒變，完全無法讓我卸下心防。

這頓餐終於吃完了，她再次帶我到客廳裡，並搖搖鈴，讓僕人把孩子們帶過來。

「妳會發現他們還沒學習過什麼，因爲我自己實在是抽不出時間教育他們。以前我們總想，他們還小，還不用幫他們請家庭教師，不過他們都是聰明的孩子，學習興致高。特別是那個小男孩，我認爲他是這幾個孩子中最優秀的，慷慨大方又性格高尚，只能循循善誘，不能強迫他，而且他最棒的一點就是從來不說謊。他似乎特別鄙視欺騙的行爲。（這倒是好消息）至於他的妹妹瑪麗安則需要特別費點心，」她接著說：「不過總括來說，她是個好女孩。只是盡量不要讓她到育兒室去，她都快滿六歲了，可能會從保母身上學到些壞習慣。我已經讓人把她的小床放在妳的房間裡，要是妳能負責照料她梳洗穿衣和她的衣物，那麼她就不再需要保母了。」

我回答說很樂意負責這些事情，這時，我的小學生和他們的兩位小妹妹一起進來了。湯姆・布朗菲爾德少爺是個七歲的大男孩，身材瘦而結實，有一雙藍眼睛、一頭棕髮、小小的翹鼻子，膚色也很白皙。而瑪麗安也是位個子高的小女孩，膚色跟她母親一樣偏黑，不過臉很圓，雙頰也紅通通的。第二個妹妹叫芬妮，是個非常漂亮的小女孩；布朗菲爾德太太跟我說她是相當溫柔的孩子，需要多加鼓勵，雖然目前還沒學過任何東西，但不久後她就要滿四歲了，到時候也將開始進教室學習認字。最後一位是海芮，是個還不滿兩歲、胖嘟嘟的快樂孩子，也是這些孩子中我最喜歡的一個，不過我並不需要照顧她。

我以最親切的態度跟我的小學生講話，試著博取好感，但是效果恐怕不如預期，因爲他們的母親在場，讓我放不開來。不過小朋友們見到陌生人，倒是一點也不害羞。他們看起來都是些大膽、活潑的孩子，我希望自己很快就能和他們建立起友好的關係——特別是那位小男孩，因爲從他母親的介紹中，他的個性似乎頗討人喜歡。至於瑪麗安，我很遺憾地發現她的臉上總掛著一種不自然的笑容，似乎十分渴望別人注意她。然而她的哥哥要我把全部注意力都放在他身上。他挺直身子、背起雙手站在我和壁爐中間，像個演說家滔滔不絕地說話，只有當妹妹吵得太大聲時，才會偶爾中斷來嚴厲譴責她們。

「啊，湯姆，你眞是太棒了！」他母親喊道：「過來親親媽媽。你不想帶格雷小姐去看看教室和你那些漂亮的新書嗎？」

「我不親您，媽媽，不過我願意讓格雷小姐去看我的教室和我的新書。」

「也是我的教室、我的新書，湯姆，」瑪麗安說：「也是我的。」

「是我的。」他決斷地回答：「跟我來吧，格雷小姐，讓我陪妳過去。」

當我們看過教室和書之後，他們兄妹倆吵了一架，我得盡全力調解安撫他們。瑪麗安拿出她的娃娃來讓我看，開始喋喋不休地談著娃娃的漂亮衣裳、小床、衣櫃和其他小配件，但是湯姆叫她別吵，他要讓格雷小姐看他的搖搖馬。他砰砰鏘鏘地忙活了一陣，把木馬從牆角拖到屋子中間來，並大聲喚我到他跟前，接著命令妹妹幫他拉住馬轡，自己則騎上馬去後，讓我足足在那裡站了十分鐘，看他威風凜凜地耍馬鞭和馬刺。在此同時，我還要忙著欣賞瑪麗安美麗的娃娃和它所有的裝備，一面又要跟湯姆少爺誇說他是位一流的騎士；只是我希望他騎眞的小馬時，別動不動就用鞭子和馬刺。

「喔，會的，我會的！」他又大聲又激動地說：「我要狠狠地抽牠一頓！啊，記住我說的話！不過牠應該會拚命往前狂奔。」

這番話眞是太可怕了，我希望自己能慢慢改變他。

「現在妳得戴上帽子、圍好披巾，」我們這位小英雄說：「我要帶妳去瞧瞧我的花園。」

「也是我的。」瑪麗安說。

湯姆以充滿威脅的手勢舉起拳頭，馬上讓瑪麗安大聲尖叫了起來，趕緊躲到我的另一邊，跟他扮了個鬼臉。

「湯姆，你絕不會打你妹妹吧。我希望永遠都不會看見你這麼做。」

「妳有時候會看見的。我多少得這麼做，才能讓她聽話。」

「但是讓她聽話並不是你的責任，你知道的，那是……」

「好啦，現在去戴上妳的帽子吧。」

「不巧……外面又陰又冷，好像要下雨了。而且你也知道，我坐了很久的馬車。」

「那沒關係，妳一定要來，我不許妳找任何藉口。」這位小紳士接著這麼說道。

既然今天是我們第一天見面，我想還是依著他吧。對瑪麗安來講外面太冷了，所以她和媽媽留在屋子裡。這讓她哥哥很滿意，他喜歡自己霸佔著我。

這花園相當大，修整得十分優雅，除了有好幾種豔麗的天竺牡丹外，還有其他幾種美麗花朵仍綻放著。但是我的同伴並不給我時間觀賞，我必須跟著他踩過潮濕的草叢，來到一個偏僻角落，也是院子裡最重要的地方，因爲那是他的花園。那裡有兩座圓形花壇，種滿了各種植物，其中一個花壇裡種著一種相當美麗的小薔薇樹。我停下腳步，欣賞它美麗的花朵。

「喔，別看那個！」他輕蔑地說：「那是瑪麗安的花圃。看，這才是我的呢。」

等我看過每一種花，聽他誇張地介紹每一種植物後，才得以離開。但是，在我離開之前，他以十分誇張的姿態摘了一株西櫻草送給我，就像是賜予我多大的恩惠似的。我看到他花圃附近的草地上有個用木棍和細繩做的裝置，便問他那是什麼。

「捕鳥器。」

「你爲什麼要捕鳥呢？」

「爸爸說牠們是害鳥。」

「那你捉到之後，怎麼處理呢？」

「有很多方式。有時候我拿去餵貓，有時用我的削筆刀把牠們切成一塊一塊的，不過下一次，我準備要活烤牠們。」

「你爲什麼要做這麼可怕的事呢？」

「有兩個理由：第一，我要看看牠究竟能活多久，另外呢，要看牠能烤成什麼味道。」

「難道你不覺得做這些事很可怕嗎？想想，這些小鳥和你一樣，也能感受到痛苦。試著想想看吧，若是你的話，會有什麼感覺。」

「啊，那有什麼關係！我又不是小鳥，我怎麼也不可能感受到我對待牠們的感覺呀。」

「可是，你總有一天會感受到的，湯姆。你應該聽說過作惡的人死後會上哪兒去吧。要記住，如果你不改掉虐待無辜小鳥的習慣，你會上那裡去，受到你加諸在牠們身上的痛苦。」

「喔，亂說！我才不會呢。爸爸知道我怎樣對待牠們，可是他從未拿這件事責備過我，他說這是他小時候常幹的事。去年夏天，他給我一窩都是小鳥的鳥窩，看著我扯斷牠們的腿、翅膀和頭，什麼話也沒說，只是叮嚀我說，這些東西很噁心，當心別把我的褲子弄髒了。羅布遜舅舅也在那裡，大聲笑著，並說我是個好孩子。」

「那你媽媽怎麼說呢？」

「喔，她根本不在乎！她說，弄死會唱歌的美麗小鳥太可惜了，不過那些淘氣的麻雀、小耗子、大老鼠的，隨我高興愛怎麼樣就怎麼著。所以說，格雷小姐，這根本就不是什麼邪惡的事。」

「我還是認爲這些是邪惡的事，湯姆。要是你的爸爸媽媽多想想，他們或許會同意我的看法。」我在心裡接著這麼想，「他們高興怎麼說，就怎麼說好了，反正我已經下定決心：只要我還有權力制止，就不許你做這些事。」

接著他帶我穿過草坪去看他的捕鼴鼠器，又到乾草堆那裡看他捕黃鼠狼的陷阱，其中有一個已經夾住一隻死掉的黃鼠狼，他看了高興不已。接著我們又來到馬廄，但不是來看那些漂亮的拉車駿馬，而是要看那匹還未馴服的小馬。他跟我說，這匹小馬是專爲他馴養的，一等這匹馬馴服後，他就可以騎了。爲了讓這小傢伙高興，我盡量擺出一副聽得津津有味的樣子，聽他滔滔不絕的說完。因爲我當時想，若是他心中還有一點愛，我就要努力去贏得這一點愛，然後，等到那個時候，或許我就能點出他行爲上的錯誤；但是我怎麼也找不到他母親所說的慷慨和高尚的性情。儘管如此，我看得出來，只要他肯努力，倒是有幾分聰慧與洞察力。

當我們再進到屋裡時，已經快到茶點時間了。湯姆少爺告訴我，由於今天爸爸不在家，他和我以及瑪麗安可以和媽媽一起享用茶點，這是難得的樂事；因爲爸爸不在家時，媽媽總是在午餐時間和他們一起用正餐，而不是六點鐘。用過茶點後，瑪麗安就上床睡覺了，湯姆陪我們聊天，一直聊到八點鐘。他走後，布朗菲爾德太太又繼續跟我談孩子們的性情和學習程度，以及他們要學些什麼、怎樣管教他們，並提醒我，除了對她之外，不能對任何人提起孩子們的缺點。我的母親以前就警告過我：就連對她都不要說起孩子們的缺點，因爲做家長的通常不願聽別人說自己孩子有哪兒不好。因此我決定對這些事情都保持沉默。大約九點半鐘時，布朗菲爾德太太請我和她一起吃了一頓只有冷肉和麵包的便餐。用完餐後，夫人便拿著寢室的燭台去休息了。雖然我很希望能和她相處融洽，但是我眞的很不喜歡和她在一起，只覺得她是個冰冷、嚴肅、令人生畏的人——剛好跟我心目中所希望的那種和藹可親的女主人相反。

Chapter 3

# 第三章 教師的考驗

儘管昨天的經驗令人失望，隔天早上起床時，熱烈的憧憬又湧上心頭。但我發現幫瑪麗安梳洗打扮並不是件輕鬆事，因爲她那頭濃密的頭髮得先塗上潤髮油，才能編成三條長辮子，再繫上緞面蝴蝶結；對於不習慣做這種事的我來講，這並不容易。她跟我說，她的保母只要用一半時間就能綁好了。而她不耐煩地扭來扭去，讓我又花了更久的時間。打扮好了之後，我們來到教室，和另一位學生在那裡會面，陪他們一直聊到早餐時間才下樓。

用完早餐後，和布朗菲爾德太太寒暄了幾句，便又和那兩位學生回教室，開始那天的工作。我發現我的這兩位學生程度有點落後。雖然湯姆對所有要動腦筋的事全都感到不耐煩，但不能說他沒有能力。而瑪麗安幾乎半個字也不認得，卻一副漫不經心的樣子，不肯用心，讓我很難繼續教下去。不過，憑著我極大的耐心與毅力，總算在早上的課程中教了一些東西。

接著，在午餐之前，我又陪這兩位小學生到花園和旁邊的草地上活動一下。我們在那兒相處得還不錯，只是我發現他們根本不想讓我跟著，可無論他們想上哪兒，我都得跟著他們。我得依著他們，跟著奔跑、走路或站著。我想，師生關係原本不應如此。讓我最不敢苟同的是，他們似乎專挑最髒的地方及最糟糕的事情做。我卻一點也無法改變這樣的情況，要是不跟著他們，就只能完全不理他們。只是這麼一來，就變成我疏失職責了。今天，他們對草坪盡頭的一口井特別感興趣，不斷地往井裡扔木頭、石頭，扔了大約有半個鐘頭之久。我一直擔心他們的母親會從窗裡瞥見，事後責備我沒有好好帶他們活動身體，卻讓他們玩水，弄髒衣服、弄濕手腳。但是無論我如何跟他們講道理、命令或懇求，都無法帶他們離開。如果說她沒有看見的話，那麼有另外一個人確實看見了。

一位紳士騎著馬進門，走上車道，他在我們不遠處停下馬，很生氣地喊著說讓孩子們離開水井。「格雷小姐，」他說：「我想妳是格雷小姐吧，我很驚訝，妳怎麼能讓他們這麼弄髒衣服！妳難道沒看到布朗菲爾德小姐的外套已經沾上泥土了？布朗菲爾德少爺的襪子都濕透了嗎？而且他們兩個都沒有戴手套！天啊！我請求妳以後至少要讓他們保持體面！」他一邊說，一邊調轉馬頭，繼續往宅邸方向走。

他就是布朗菲爾德先生。我很驚訝地聽到他稱自己的孩子為布朗菲爾德少爺和布朗菲爾德小姐；更讓我吃驚的是，他竟然會用這麼失禮的態度跟我說話，我是他們的家庭教師，又是初次見面。過沒多久，鈴聲響起要我們進屋去。我和孩子們一點鐘用午餐，而他和夫人也在同一張餐桌上用午餐。他在餐桌上的舉動，並沒能讓我對他的尊敬增加多少。他的身材中等偏矮、有點瘦，看起來約三、四十歲，有一張大嘴巴，臉色蒼白、沒有光澤，淺藍色的眼睛，麻繩般的髮色。一條烤羊腿放在他面前，他幫太太、孩子們和我切了些肉，還讓我幫孩子們把肉切碎。接著，當他把那條羊腿翻過來又翻過去，從各個不同角度檢視之後說這道菜沒有煮好，並命人送冷牛肉來。

「親愛的，這羊肉怎麼啦？」夫人問。

「煮太老了，妳難道吃不出來嗎，布朗菲爾德太太？所有好滋味、鮮美的肉汁都烤乾了！」

「那麼，我想牛肉應該會合你胃口吧。」

牛肉放在他面前後，他拿起刀子開始切肉，一臉不悅的樣子。

「那牛肉又怎麼啦，布朗菲爾德先生？我記得那是塊上好的牛肉。」

「這牛肉原本是很好，是塊不可多得的帶骨腿肉，但全給糟蹋了。」他惋惜地回答。

「怎麼會這樣呢？」

「怎麼會這樣！唉，妳難道沒看到這塊牛肉是怎麼切的？天啊，天啊！怎麼會這樣！」

「那麼肯定是廚子那邊切壞了，我明明記得昨天我在這裡切的時候，切得還挺好的。」

「肯定是這樣的，是廚子切壞了，那些粗野的傢伙！天啊，天啊！誰見過這麼好的一塊牛肉全被這麼糟蹋了！不過，妳得記住啦，以後若是有好菜從這張餐桌撤下去，別讓廚房裡的人動它。布朗菲爾德太太，這件事可得記住了！」

儘管說牛肉已經被毀掉了，這位紳士還是小心翼翼地幫自己切了幾片肉，默默地享用了一些。等他再次開口說話時，語氣似乎不再那麼氣沖沖了，他問晚餐要吃些什麼。

「火雞和松雞。」夫人簡要地回答道。

「還有什麼嗎？」

「魚。」

「哪一種魚？」

「我不清楚。」

「妳不清楚？」他喊道，目光嚴肅地從盤子上抬起，驚訝地停住手中的刀叉。

「我不清楚，只吩咐了廚師準備些魚，但我沒有特別指定要哪一種。」

「唉，真是太糟糕啦！一位掌管家務的夫人，竟會連晚餐要吃什麼魚都不知道！吩咐要準備魚，卻沒有指明要哪一種！」

「布朗菲爾德先生，或許以後還是由你親自來吩咐晚餐好了。」

餐桌上的談話到此結束，我和學生們離開餐廳後都鬆了一口氣。我有生以來從未因為不是我自己的過錯而感到如此尷尬不自在。

下午我們又上了些課，接著又到戶外活動、回教室吃茶點，然後我幫瑪麗安換衣服，準備去吃甜點。當她和她哥哥下樓用餐時，我抓緊機會寫信給家人，但是信才寫到一半，孩子們就又上樓來了。七點鐘時，我必須伺候瑪麗安上床睡覺，接著陪湯姆玩到八點，等他也離開後，我才把信給寫完並打開箱子整理衣物（在這之前我一直沒有機會做這些事）。最後，自己也才能上床睡覺。

但以上所說的一天行程，是當天平安無事的情況下才如此。

我和學生們彼此熟悉了之後，教育和監督工作並未變得輕鬆一些，因為他們的性情逐漸表露出來，也因而變得更加困難。我很快發現，「家庭教師」這稱號，對於我來說根本就只是個笑話：我的兩名學生並不比野性難馴的馬還好教哪。由於他們一直很懼怕易怒的父親，怕惹惱了他要受到懲罰，因此父親在場時，通常還不致於太過分。女孩們也有點害怕惹母親生氣，那男孩偶爾會受到母親獎賞的誘惑而照她的話做。偏偏我可拿不出什麼獎賞來，至於懲罰，我早就瞭解，這項特權只屬於他們父母才能行使。不過，家長還是希望我能讓學生循規蹈矩。別的孩子或許會因為怕老師生氣或希望得到老師的讚賞而受教，可這兩者對他們都毫無效用。

湯姆少爺非但排斥受管教，尤愛當發號施令的人，總以拳打腳踢方式表明他的決心，不但要讓妹妹們，還要讓老師也服從他。他長得比同年齡的男孩還要高大強壯，這造成不容忽視的麻煩。遇到孩子胡鬧，本來只要結結實實地打他幾個耳光，就可以輕而易舉地解決。但是，眞要這麼做的話，他可能要在他母親面前編瞎話了，而他母親肯定會相信，因爲她對兒子的誠實有著堅定不移的信念（儘管我早就發現這根本無庸置疑）。於是我決定盡量克制自己不要打他，即使是在自衛的情況下。當他蠻性大發時，我唯一的處理方式便只是將他按倒在地，壓住他的手腳，直到他的蠻勁兒消退爲止。光是制止他不去做那些不該做的事就夠困難了，要強迫他做該做的事，那更是難上加難。他常斷然拒絕學習新課程或複習舊課程，甚至連看都不看一眼書本。同樣的，在這種情況下，只要有一根好棍子就可以輕鬆解決了，但我的權限是這麼小，也只有盡可能依我能力所及行事。

由於我們並沒有明確規定學習和遊戲的時間，因此我決定給學生一些作業。只要他們能稍微專心一下，很快就可以完成這些作業。在還未做完功課之前，不管我有多疲憊、不管他們有多任性胡鬧，只要他們的父母不來干涉，我絕不允許他們離開教室；即使爲了讓他們留在教室，我得搬張椅子坐在門口。耐心、堅定和不屈不撓的精神是我唯一的武器，我決定要將這些發揮到極致，絕對徹底執行我說出的警告和承諾，而爲了要做到這一點，我得非常謹愼、絕不可隨便說出自己無法做到的話。那麼，我就得特別注意避免所有無濟於事的惱怒和任性。當他們表現還算不錯時，我要盡量和藹親切地對待他們，盡力讓他們分清楚好壞行爲，還要以最簡單明瞭且有效的方式跟他們講清楚道理。當他們犯下大錯時，我要以較痛心的方式，而不是氣憤的方式來責備他們或拒絕他們的要求；我把讚美詩和祈禱文改得簡單明瞭，讓他們能夠理解；當他們晚間做禱告，爲自己的錯誤請求寬恕時，我要嚴肅地提醒他們這一天所犯的過錯，但是態度要極爲和藹，以免引起他們的反抗情緒。淘氣的人，就讓他唱悔過詩；誰表現得較好，我就讓他唱歡樂的讚美詩；我要盡量以玩樂的方式教導他們——也就是用他們身邊所接觸到的歡樂話題循循善誘。

透過這些方法，我希望總有一天，不僅對孩子們有益，還能獲得他們父母的認可，此外我的家人也會因此瞭解我並不像他們所想的那麼無能和魯莽。我知道，有待我去克服的困難不勝枚舉，但是我同樣瞭解（至少我相信），堅強的耐心與毅力可以讓我克服一切。我日夜祈求上帝幫助我達到這個目標。然而，或許是孩子們太難管教、家長太過不可理喻，也或許是我的想法不對，或者是我缺乏付諸實行的能力，我最好的意念、最大的努力，除了招來孩子們的嘲笑、家長的不滿和我自己的痛苦外，似乎沒有產生任何更好的結果。

當教師的工作是既勞心又勞力。我得追著學生跑，抓住他們、拖回或拖回書桌前，常常得把他們強壓在座位上，才能讓他們乖乖的上完課。我常要讓湯姆站在教室的角落，自己則搬張椅子坐在他面前，捧著他需要背誦或讀一點功課的書，直到他完成才放了他。他的力氣還不夠，無法把我連人帶椅子推開，因此他就站在那裡全身亂扭，臉上做出最奇怪的鬼臉——要是不知情的人看見，會覺得那個樣子挺好笑的，但我可笑不出來——而且，他還會大聲哀號、喊叫、裝哭，但眼裡根本沒有一滴淚。我知道他這麼做純粹只是爲了要惹我生氣，因此，儘管我會失去耐心引發惱怒而內心顫抖著，仍努力克制自己不露出半點受影響的樣子，假裝滿不在乎地靜坐著，直到他願意結束胡鬧爲止。有時則是爲了能到花園跑跳，他的目光才終於落在書本上，朗讀或背誦他必須學會的那幾句話。有時他故意把字寫得一塌糊塗，我只好握住他的手，以免他故意沾上墨汁或弄髒紙。我常常警告他：如果不好好寫，便要罰他重寫一行。這時他就會頑強地拒絕寫那行字。爲了做到言出必行，我不得不採取最後手段，即抓起他的手，強迫他握住筆，拿住他的手上下移動，儘管他還是繼續反抗，但那行字總算勉強寫完了。

然而湯姆還不是我學生中最難管教的那一個。有時我很欣慰地發現，他瞭解最聰明的辦法就是做完功課，先跑到外面玩，等著我和妹妹們出去跟他會合。只是這樣的情況並不常發生，瑪麗安在這方面尤其難能以他為榜樣。她顯然認為，最好玩的遊戲就是在地板上打滾，像一塊沉重的鉛似地往地上一倒，等我費了九牛二虎之力把她從地上抓起來後，還得用一隻手撐著她，另一隻手替她拿著書，好讓她讀書或拼音。由於這六歲大女孩死沉的重量，我一隻手根本支撐不住，讓我得換另一隻手；要是兩隻手都已筋疲力竭，我就得把她拖到角落，跟她說，要是她能學會用腳自己站起來，她就可以出去玩了。但是她通常寧願像一塊木頭似地躺著，直到用正餐或吃茶點時。由於我無權罰她不吃東西，因此到了用餐時間我就得放她出去。這時她就會爬出房間，在那圓圓的紅臉上露出一抹勝利的笑容。她常頑強地拒絕唸課程中的某些字。

我至今仍因未能戰勝她的頑固，為自己當時白費力氣而深感遺憾。要是我當時把它當作無關緊要的事而聽其自然，對我們雙方都會好些，不需要因為這件事做些無謂的努力。但當時我認為自己絕對有責任在孩子的不良習慣還未定型之前，趕快改正；如果我能做到，事情本該如此。要不是我的權力受到極大的限制，我應該能強迫她服從的。實際上那變成了她與我之間的一場考驗，而結果常是她獲得勝利，每一次的勝利，更加鼓勵並讓她更有勇氣投入下一次鬥爭中。無論我怎麼用說理、誘導、懇求、威嚇、責罵的方式，都無法收到任何效果；我不許她出去玩，或者當我不得不帶她出去時，也不陪她玩、不和顏悅色地對她說話、或乾脆不搭理她，都毫無效用。我試著讓她瞭解聽話對她有利，如果她聽話，別人就會愛她、親切地對待她；要是她繼續這麼無理取鬧，對她並沒有任何好處。但這麼做也沒用。有時候，當她要求我幫她做什麼事時，我會這樣回答：「好啊，我可以幫妳，瑪麗安，只要妳唸出那個字。

來！妳只要趕快唸出來，以後就不必再為它費心了。」

「不要！」

「那麼，我當然什麼事情也無法幫妳做了。」

我在她這個歲數或更小時，別人不理我或不喜歡我，對我來講可是最可怕的懲罰；但她根本就不在乎這些。有時候，我被她氣得忍無可忍時，就抓著她的肩膀猛搖，或者拉她的長髮，要不就是把她拖到角落去。當我這麼做時，她便以大聲刺耳的尖叫聲來懲罰我，那就像拿把刀子扎進我的腦袋。她清楚瞭解我最討厭聽到這種聲音，因此當她把嗓門拉到最高時，會帶著一種已經復仇成功的快感看著我的臉，一面喊道：「現在妳滿意了吧！」接著又一聲接著一聲地尖叫起來，直吵得我不得不捂住耳朵。通常這些可怕的尖叫聲會把布朗菲爾德太太喚上樓來，過來問到底發生什麼事了。

「瑪麗安是個相當淘氣的女孩，夫人。」

「怎會發出這麼可怕的叫聲呢？」

「她在鬧脾氣亂叫。」

「我從來沒聽過這麼可怕的叫聲！就像妳要殺了她似的。她為什麼沒和哥哥一起出去玩呢？」

「她的功課還沒做完。」

「瑪麗安是個好女孩，一定會把功課做完的。」這話是溫柔地對孩子說的。

「我希望不會再聽到這麼可怕的叫聲了！」她那冷酷無情的目光盯著我看了一會兒，其中的涵義是不容誤解的，接著她便關上門離開了。有時候我會試著以出其不意的方法來誘導這個頑固的小傢伙，當她正想著別的事情時，不經意地問她一個字。她常常在快要說出口時，突然克制住自己，那挑釁的眼神似乎在說：「看啊！我可比妳厲害，別想套我說出口！」

下一次，我假裝已經把這件事完全忘記了，如往常跟她說話、玩耍，直到晚間送她上床休息，她躺在那裡微笑，一臉高興的樣子。當我即將離開她時，彎下身子以跟剛才一樣愉悅親切的聲音對她說：「現在，瑪麗安，在我吻妳道晚安之前，說說那個字，妳是個好女孩，一定會乖乖說的。」

「不要，我不說。」

「那我就不吻妳了。」

「我才不在乎呢！」

無論我一臉悲傷、或期待她臉上會出現任何懊悔的表情都沒有用，她是眞的「不在乎」，我只得獨留她在黑暗中反省自己的無理取鬧。我想不出當我小的時候，有什麼懲罰比母親晚上拒絕吻我更可怕的，光是想像，就已經很令人害怕。幸虧我從未嘗過比想像更可怕的滋味，因爲我從來沒有犯過什麼錯要受到這種懲罰。不過我記得有一次，姊姊犯了錯，母親覺得應該這麼懲罰她。雖然我不清楚她當時有什麼感受，但是我清楚記得自己爲她難過而留下同情的眼淚。

瑪麗安另一個令人煩惱的毛病就是，她怎麼也改不掉愛到育兒室的習慣，總喜歡跑去和妹妹及保母玩。這是相當自然的事，只是違背了她母親向我表明過的期望，我當然得加以禁止，並且盡力讓她和我待在一起。但這卻只會增加她對育兒室的興趣，我越是努力阻止，她反而更常去、待得越久。布朗菲爾德太太對此極爲不滿，而我也十分清楚，她會把所有的錯都怪罪在我頭上。另一項考驗是早晨的梳妝打扮，她有時候不讓我幫她洗臉，有時不讓我幫她穿衣服，除非是她愛穿的衣服，而我知道那是她母親不喜歡她穿的衣服；有時候，只要我一碰到她的頭髮，她就尖叫著跑開。由於經常發生類似狀況，所以常是我費了九牛二虎之力克服種種困難，終於把她帶下樓來時，早餐已經吃到一半了。「媽媽」兇惡的眼神，「爸爸」不耐煩地看向我說（即使不完全針對我，肯定也部分針對我）：最會惹「爸爸」生氣的幾件事情中，用餐不準時就是其中一項。而最令人厭煩的瑣事中，包括我沒有能力讓布朗菲爾德太太滿意女兒的穿著，那孩子的頭髮「總是見不得人」。有時候，為了羞辱我，她會親自做起梳妝侍女的工作，然後極為不悅地抱怨這件事帶給她的麻煩。

當小芬妮也進教室學習時，我希望她的脾氣會溫和些，起碼不至於令人討厭。但是，才沒幾天的工夫（還好不是幾個小時的時間），就讓我的希望幻滅了。我發現她是個喜歡惡作劇、難應付的小傢伙。她年紀雖小，卻已養成了撒謊和欺騙的惡習，更令人吃驚的是，她善用她最愛的兩項武器：無禮與愛辯。只要她對任何人不滿，就往誰的臉上啐口水；當她的無理要求得不到滿足時，就發出蠻牛般的吼叫。父母在場時，她通常都表現得很文靜，因此他們都認為她是個性情非常溫順的孩子。正因為如此，她撒的謊更容易讓他們信服，當他們聽到她大聲吼叫時，總認為是我虐待她、處置不當。在這樣的偏見下，他們也終於見識到她的壞脾氣時，我想他們又把所有過錯都歸咎於我身上。

「芬妮怎麼變得這般淘氣了！」布朗菲爾德太太會這麼對她丈夫說：「你沒有注意到嗎，親愛的，自從她開始上課後，就變了個樣啦？要不了多久，她就會跟那兩個孩子一樣壞。說來多令人難過，他們最近真是變得越來越糟糕了。」

「說的正是，」她丈夫回答：「我也這麼覺得。本來以為幫他們找個家庭教師，能夠讓孩子更好，可是，事實剛好相反，反而越來越糟。我不知道他們的功課學得怎麼樣，但是我知道，他們的習性可是一點也沒有改進，反倒一天比一天更加粗野邋遢、不懂禮貌。」

我知道這些話全都衝著我說的。這些話以及所有類似的諷刺，比公開指責更令人難受。因爲他們若是公開指責我，我還能站出來爲自己辯護。現在我覺得最好的辦法就是阻止一切怨恨產生，絕不畏懼、盡力而爲，因爲儘管目前的情況頗讓人厭倦，我仍然很想保住這份工作。我想，只要我繼續努力保持堅定、正直的態度，孩子們總會變好的；每個月都讓他們更加進步些，最後終能夠脫胎換骨般乖巧。孩子到了九歲、十歲，如果還像這兩個六、七歲的孩子那麼沒規矩，那就糟糕了。

我自我安慰說，只要我繼續在這裡做下去，對父母和姊姊都有幫助，儘管我的薪資菲薄，但總算能賺點錢。只要我節省點，就能爲家人存下一筆錢。如果他們肯接受，對我來講將是莫大的安慰。再說我得到這份工作，完全是出於我本人的意願，因此我所遇到的所有磨難，都是自找的，我決心承擔一切。不僅如此，我並不後悔我的決定。即使是現在，我仍渴望向家人證明：我能勝任這份工作，並能光榮地做到底。每當我覺得默默忍受一切讓自己蒙羞或讓人無法忍受的辛苦工作時，我會從家人那裡尋求支持，並在心裡默禱道：「他們可以折磨我，但無法讓我屈服！我想的是你們，而不是他們。」

聖誕節期間我獲准回家探親，但假期卻只有兩個星期。布朗菲爾德太太說：「妳應該不需要長假，因爲妳才離開家人沒多久的時間。」

即使她這麼想，但是她根本不知道，和家人分開的這十四個星期對我來說有多麼漫長、多麼難受，我多麼熱切地盼望著假期的來到，對於他們縮短假期之事，我有多失望。但這不能怪她，因爲我從未跟她說過我的感受，因此並不能指望她瞭解。再說，我在她家工作還不滿一個學期，因此她有理由不讓我放完整個假期。

# Chapter 4 第四章 奶奶

我並不想在此贅述我回家時的歡樂，在家的幸福時光——在那親切、熟悉的地方，在愛我而我也愛的人們中，享受短暫的休息和自由；也不想再提當我得再次與家人長期分開時的難過之情。

不管怎樣，我還是打起精神回到我的工作崗位。沒有親身經歷過的人，是無法想像要照顧和管教一群調皮的搗蛋鬼有多痛苦；即使費盡心力，也無法讓這些搗蛋鬼乖乖守規矩，同時還得爲他們的所作所爲向上層負責。而家長們的要求，若是沒有他們的支持以賦予我更大的權力，根本就無法達成；這些人不是因爲懶惰，就是怕失去搗蛋鬼的歡心，而拒絕給予支持。我無法想像這世界上還有什麼情況比底下更艱巨：不管你多想成功、不管你多麼盡心盡力，所有的努力都無法成功，你所管教的人會讓你的所有努力都化成灰，而上層管理者則無理地譴責和輕蔑你的努力。

我擔心讀者會不耐煩，所以並不想在此一一述說那幾個學生種種無理取鬧的習性，以及我的重責大任所帶給我的苦惱。或許，我已經讓讀者不耐煩了吧。然而，我想寫上面幾頁並非純粹爲了娛樂大家，而是希望相關人士或許能從中獲益。對此不感興趣的人，自然會匆匆看過、略過這些章節，或許還會責怪作者太囉嗦呢，不過如果有位家長從中獲得任何有益的啓示，或者某位不幸的家庭教師因此稍稍獲益，那麼我就不是白白受苦了。

爲了避免麻煩和混淆的情況發生，我個別描述這幾名學生，逐一討論他們的品性，但是這樣的敘述方式並無法讓大家充分瞭解他們三個聚在一起所造成的煩擾。事實上，他們通常是聯手起來存心要「調皮搗蛋、戲弄格雷小姐、惹她生氣」。

有時在這樣的情況下，我會突然想到：「要是他們看到我現在這副樣子！」我所指的當然是家中的親人。一想到他們會怎樣心疼我，就讓我不由得可憐起自己——這樣的想法沉重得讓我幾乎流下淚來。但我還是忍住了，直到那幾個折磨人的小傢伙跑去吃點心或上床睡覺（我唯一所能企盼的解脫之道），當我終於獲得獨處時，才能放縱自己無所顧忌地盡情哭泣。不過我並不常沉溺於這樣的脆弱中，我的職務實在太多了，閒下來的時間又太珍貴，不允許我把太多時間浪費在無益的悲傷上。

我特別記得一月分我剛從家裡回來後不久，一個狂風暴雪的下午。孩子們剛用完午餐上樓來，大聲宣布他們準備要「大吵大鬧一番」。他們確實做到他們的宣言，無論我怎麼說破嘴、喊壞嗓子，也無法制止他們。我把湯姆抓到牆角，讓他站在那裡，並對他說：除非他完成指定的功課，否則就不准離開。在那當兒，芬妮忙著翻我的工作袋，掠劫裡面的東西，還往裡面啐口水。我要她不准亂翻，當然，毫無作用。

「把那燒了，芬妮！」湯姆大喊一聲，她就馬上執行這個命令了。

我趕緊跑過去搶救袋子，湯姆卻趁機逃到門口。

「瑪麗安，把她的小桌子扔出窗去！」他喊道。

那張寶貴桌子放著我的信件和紙張、一小筆錢和全部值錢的東西，眼看就要從三樓窗口扔下去了。我飛奔上前搶救桌子。這時，湯姆已經跑出房間，正往樓下衝，芬妮緊跟在後。我放好桌子，馬上跑出去追他們，瑪麗安也蹦蹦跳跳地跟著過來。他們三個都逃過我身邊，跑出屋到花園裡去，幸災樂禍地在雪地裡狂吼尖叫著。

我該怎麼辦？我若跟在他們身後，可能一個都抓不到，只會讓他們跑得更遠。要是我不追過去，怎麼讓他們進屋子裡去呢？如果孩子們的父母看到或聽到他們如此吵鬧，沒有戴上帽子、手套及靴子，就跑到又厚又軟的雪地裡，又會怎麼想呢？正當我處於這樣的困窘中，企圖用嚴厲的目光、生氣的話語嚇唬他們，讓他們聽話時，忽然聽見身後有人厲聲尖嚷道：「格雷小姐！這是什麼情況！妳的腦子到底在想些什麼？」

「我沒法讓他們進屋裡去，先生。」我說話時轉過臉去，看到布朗菲爾德先生毛髮直豎，兩顆淺藍色的眼珠似乎要從眼眶裡蹦出來了。

「一定要讓他們進屋裡去！」他大聲喊著，一面走過來，樣子十分兇惡。

「那麼，先生，您得自己叫他們進屋，他們根本就不聽我的話。」我一面回答，一面往後退。

「快進屋去，你們這些骯髒的小鬼，否則我就要用馬鞭抽你們一頓！」他咆哮道，孩子們立刻乖乖聽話了。「妳看！只要一句話他們就進屋去了！」

「是的，若是您喊他們的話。」

「這就怪了，是妳負責照顧他們的，卻管不好這群孩子！現在可好了，變成這樣——帶著沾滿雪的腳走上樓！妳趕緊跟上去，看著他們整理得體面些，天啊！」

那時，這位紳士的母親住在宅裡，當我上樓經過客廳門口時，有幸聽到老太太大聲地對她的兒媳婦針對這件事發表意見（我只能聽清楚她特別高聲強調的那幾句）：「我的老天爺！我一輩子也沒見過這樣的事！我敢發誓！親愛的，妳眞的覺得她是適合的人選嗎？好好想想我的話吧——」

我沒再聽到什麼，不過這些也就夠了。

布朗菲爾德老太太之前總是很關心我、善待我；在此之前，我一直認爲她是位和藹好心、愛聊天的老太太。她常過來找我，把我視爲密友般地跟我說話，又是點頭又是搖頭，比手劃腳、眨著眼睛，就像某些老婦人的習慣動作，只是我從未見過任何人能把這些習慣動作發揮到如此淋漓盡致的境界。她甚至爲孩子們所帶給我的煩惱而深感同情。有時候，她語帶保留地點頭、眨眼，表示瞭解我的苦處：認爲孩子的母親如此限制我的權力，又不肯運用母親的權威來支持我，是不對的行爲。然而這樣的方式不是我的作風，我通常並不會接著她的話繼續饒舌下去，只裝作不懂她的言外之意。至少，我最多只是默認：若是情況不是這樣的話，我的工作就不會如此艱難，可以把學生的管教工作做得更好。但是，現在我得更加小心了。我總算是看清這位老太太的缺點（其中一項就是愛把自己說得完美無比），我以前總是盡量幫她找藉口，相信她眞的可能具有她所說的種種美德，甚至認爲還有更多我所不知道的美德。善良，一直是我這麼多年來生活中的養分，近來卻完全與我隔絕了；因此，只要一絲類似的假象，我都滿懷欣喜地擁抱它。也難怪這位老太太給我一種溫暖的感覺，我總是欣喜地看到她過來找我，當她離開時，甚至還會感到不捨呢。

但是現在，我經過時有幸（或不幸）聽到的這幾句話，徹底改變了我對她的尊敬。現在我總算看透她了，原乃是個虛僞、不眞誠、牆頭草和刺探我一言一行的間諜。當然，爲了我自己著想，以後最好還是以同樣愉快的微笑和恭敬的態度與她交往。不過即使我想，也做不到。我的外在行爲總是會隨著內心情感而改變，我變得如此冷淡和有防備心，她不會看不出來。她果然很快就注意到了，她的態度也跟著改變：親切的點頭變成了僵硬的頷首，溫厚的微笑轉爲戈爾根①般的怒視；她那輕鬆愉快的叨絮已經從我這裡轉到「親愛的孩子們」身上去了。她對孩子們誇讚與縱容的地步，比他們的母親更爲荒唐。

我承認，我對這樣的改變有點憂慮。我擔心她的不快會帶來不良後果，甚至還做了一些努力，試圖找回我失去的陣地，而我所獲得的效果竟然比預期的還好。有一次，我只是禮貌性問候她的咳嗽好點了沒，她那張原本拉長的臉，頓時轉成微笑，並仔仔細細地告訴我她咳嗽的症狀以及其他疾病，接著又以她慣用的誇張語氣與慷慨激昂的聲調講述她對上帝的虔誠，簡直是非筆墨可形容。

「但是，親愛的，我們大家都有解救的辦法，那就是順從（她仰一下頭），順從上帝的旨意！（抬起雙手與雙眼）這幫助我走過所有的考驗，以後也將如此。（直點著頭）然而，並不是所有人都可以說這樣的話（搖頭），不過我是相當虔誠的一位信徒，格雷小姐！（意味深長地點了一下頭，又往上仰）感謝上帝，我一直都是（又點一下頭），沉浸在主的光輝中！（誇張地拍手又搖搖頭）」離去之前，她還引述了幾段《聖經》，其中有好幾段引用錯誤，接著又讚嘆地說了些虔誠的話語。雖說這些話本身沒有什麼問題，但是她闡述的方式與姿態都相當荒謬好笑，我實在不想在此複述。

她仰了仰她的大腦袋，帶著極爲滿意的心情（起碼她自我感覺良好）留下我自個兒在那裡想著：至少，她的性格是軟弱，而不是邪惡。

當她再次來到威爾伍德莊園時，我甚至還對她說，眞高興看到她身體安康。這句話所產生的效果眞是神奇，她把這些禮貌性話語當成是對她的奉承，她的表情頓時爲之一亮。從那時起，她變得既和藹又慈祥，好得不能再好了——至少表面上裝得很像。根據我現在對她的瞭解，以及從孩子們那裡聽到的，我發現只要一有機會對她說句恭維話，就能博得她親切的友情，只是這實在有違我個人的原則。由於我沒有持續這樣做，所以很快就又失寵了，而且我想她常在背後詆毀我。

她在兒媳婦面前說我壞話，不會對我產生多大的影響，因爲她們對彼此並沒有好感，從她常在背後用惡毒的話語詆損她的兒媳婦即可看出這點，而她的兒媳婦，對她的態度也過於冷淡，僅維持表面上的禮節而已。無論老太太如何奉承討好，也融化不了年輕夫人在她們倆之間築起的那一道冰牆。不過，老太太與兒子的關係則比較良好：只要她能順著兒子暴躁的脾氣，注意不用嚴厲的語言刺激他，她兒子就會聽她所想說的話。我也相信，她處心積慮地加深他對我的偏見。她可能會對他說，我怎麼可以怠忽職守，就是他的太太也沒有盡到母親應盡的責任，因此他必須親自管教孩子，否則他們有可能都會變壞。

在這些話的慫恿下，他常常會不厭其煩地從窗口看著孩子們玩遊戲，有時還會跟他們穿過庭園；而且當他們太靠近那口禁止接近的水井、在馬廄跟車夫說話，或是在附近骯髒的農地玩得不亦樂乎——我耗盡心力也無法勸阻他們，正一籌莫展地站在一旁時，他常常會突然出現在孩子身邊。同樣的，常常在孩子用餐，牛奶濺滿桌上及身上，將手指伸進自己或別人的牛奶杯裡，或是像幾隻小老虎似的搶奪食物時，他的頭就會出其不意地伸進教室。要是我當時靜靜地站在一旁，就是在縱容他們不規矩的行爲；要是我恰好竭盡聲力地在維持秩序（通常是這樣的情況），那就是我在使用不當的暴力，以這種不溫柔的聲調與話語，給女孩們立下了壞榜樣。

我記得春季的某個午后，外面下著雨，他們不能到戶外活動。當天眞是出奇地幸運，他們全都把功課做完了，卻還不想下樓去糾纏他們的父母——他們動不動就想下樓去，這讓我很生氣，但是遇到下雨天，我實在禁止不了，因爲他們覺得樓下既新奇又有趣，尤其是家裡有客人來訪時。儘管他們的母親囑咐過我別讓孩子們離開教室，但她卻從不因爲孩子們離開教室而責罵他們，也不會勞神親自把他們送回來。而那一天孩子們似乎喜歡待在教室裡，更奇妙的是，他們似乎願意一起玩，不需要我陪著他們，也不吵架。他們的遊戲有點讓人摸不著頭緒：他們全都蹲在靠窗的地板上，玩一堆已經壞掉的玩具和一大堆鳥蛋——其實是蛋殼，因爲裡面已經幸運地被掏空了。他們把蛋殼砸成碎片，我根本想像不出他們到底要做什麼。但是，只要他們能乖乖的不搗亂，我也就不管他們。我享受到難得的寧靜，坐在爐火邊，幫瑪麗安的洋娃娃縫外套，並打算縫完後就開始給母親寫封信。突然間，教室的門打開了，布朗菲爾德先生那顆黑頭正朝屋裡張望。

「這裡很安靜嘛！你們在做什麼？」他說。

我心想著，「至少今天還沒有惹麻煩呢。」但是，他的看法大不同。他走近窗戶，看到孩子們在玩什麼，便生氣地喊道：「你們到底在做什麼？」

「我們在磨碎蛋殼啊，爸爸！」湯姆說。

「你們這些小鬼怎能把這裡弄得一團糟？難道沒看到你們把地毯給毀了嗎？（那是一條極為普通的棕色厚毯）格雷小姐，妳知道他們在做什麼嗎？」

「知道，先生。」

「妳知道？」

「是的。」

「妳既然知道他們在做些什麼，還坐在那裡任憑他們胡鬧，也不管管他們！」

「我並不覺得他們在惹什麼麻煩。」

「還說沒惹麻煩！看看那裡！只要看看那條地毯就明白了。哪個基督徒的家裡，會發生這樣的事？難怪妳的房間連豬圈都不如！難怪妳的學生比一窩小豬還糟！難怪——喔！我不得不說，這件事實在是讓我忍無可忍了！」接著他便走出教室，砰的一聲關上他身後的門，把孩子逗得哈哈大笑。

「這件事也讓我忍無可忍了！」我低聲說道，一面起身拿撥火棒直往爐火裡戳，以罕見的猛勁攪著爐火，假裝是在添柴火，其實是藉此讓自己平靜下來。

在這之後，布朗菲爾德先生就常過來巡察教室是否整潔。由於孩子們總是不斷往地上亂丟東西，丟滿玩具碎片、木棍、石頭、樹枝、樹葉和其他垃圾，我無法禁止他們把這些東西拿進教室，也叫不動他們去收拾，而僕人又不願「跟在他們後面打掃」，所以我只得犧牲自己大部分寶貴的休息時間，跪在地板上，努力地將房間整理乾淨。有一次我對他們說，除非他們把扔在地毯上的雜物都收拾乾淨，否則就不許他們吃晚餐。芬妮要揀起她自己丟的東西，瑪麗安要揀起芬妮的兩倍量，其餘的則由湯姆收拾乾淨。說來奇怪，兩個女孩都乖乖地把她們的部分做完了，唯獨湯姆卻發作起來，把桌子掀了，將麵包、牛奶丟到地上，打他妹妹，一腳將煤桶踢翻，還準備把桌椅全部推倒，看來他想把房間裡的所有東西都弄成「道格拉斯雷德的儲藏櫃」②。我抓住他，讓瑪麗安去叫她媽媽過來。無論他怎麼對我踢打、發脾氣、叫嚷、咒罵，我還是緊緊抓著他，直到布朗菲爾德太太現身爲止。

「這孩子怎麼啦？」她問。

我跟她說明整件事後，她卻只是叫保母來收拾房間，然後便帶湯姆少爺下樓用餐。

「看吧，」湯姆洋洋得意地喊道，滿嘴塞滿食物朝我看過來，幾乎連話都說不清楚了。「看吧，格雷小姐！即使我不聽妳的話，照樣可以吃晚餐，地上的東西我一件也沒揀。」

這屋裡唯一眞正同情我的只有那位保母，因爲她以前也受過同樣折磨，儘管受折磨的程度要輕微些。畢竟她不需要負責教育孩子，也不需要對孩子們的行爲擔負太多的責任。

「哎呀，格雷小姐！」她會這麼說：「孩子們又讓妳受苦了！」

「的確是這樣，貝蒂，我敢說，妳一定瞭解是怎麼回事。」

「唉，當然，我怎麼會不瞭解！但我可不像妳爲了他們把自己氣得火冒三丈。妳知道，我有時會賞他們一巴掌。對付這些小傢伙，我有時會用鞭子抽打他們一頓，就像大家慣使的方式，不過，我也因爲這樣丟了工作啦。」

「眞的嗎，貝蒂？我只聽說妳要離開了。」

「唉，上帝保佑妳，是眞的！太太已經通知我了，三個星期後離開。聖誕節以前她就跟我說過，要是我再打他們，就要辭退我。可是我管不住自己的手。我不知道妳是怎麼辦到的，因爲瑪麗安小姐比她兩個妹妹還要壞上一倍！」

譯註：

①Gorgon，希臘神話中三名蛇髮女妖之一，面目相當猙獰可怕，人看到她就會立刻化成石頭。

②Douglas Larder，西元一三〇七年時，蘇格蘭貴族詹姆斯．道格拉斯勛爵攻破英格蘭軍隊的拉納克城堡後，肢解戰俘，然後與貯藏櫃中的肉、麵粉和酒摻雜在一起，以此侮辱敵人。

# 第五章　舅舅

這個家除了老太太之外，還有一位親戚的來訪讓我極爲困擾，他就是「羅布遜舅舅」，布朗菲爾德太太的弟弟。他是位舉止傲慢的高個子傢伙，跟他姊姊一樣有一頭黑髮、黃皮膚，一副對全世界的人都鄙夷不屑的鼻子，他那小小的灰眼睛，常常是半睜半閉著，目光中摻雜著眞正的愚蠢和裝出來的睥睨一切之神氣。他的身材相當壯碩，卻總想要把腰束得緊緊的，再加上不自然的僵硬體態，讓這位傲慢、頗有男子氣概但藐視女性的羅布遜先生，渾身散發著紈褲習氣。他幾乎從不紆尊降貴地和我打招呼，難得幾次跟我打招呼時，語氣和態度皆帶著一點傲慢無禮，在在都讓我確定他不是位有教養的紳士，儘管他是想要展現出另一面的效果。不過，這並非我不喜歡他來訪的原因，最主要的原因是他對孩子們有不良的影響，總是誘發孩子們所有惡劣的習性，只要短短幾分鐘，就讓我花了好幾個月努力培養出的一點點小進步全消失殆盡。

他難得放下身段去關注芬妮和小海芮，卻似乎很寵愛瑪麗安，總是鼓勵她故作姿態（這是我竭盡全力要她改掉的惡習），誇讚她長得漂亮，灌輸她種種對自己外表的自負想法（而我則一向教導她說，相較於心靈與風範的培養，外表根本微不足道）。我從未見過一個孩子像她這樣，這麼喜歡別人的稱讚。無論瑪麗安或她哥哥犯了什麼錯誤，他們的舅舅不是加以稱讚，就是哈哈大笑來鼓勵他們的行爲。大家通常不知道：嘲笑孩子的錯誤，會對他們造成什麼樣的傷害；或那些眞正爲孩子們著想者竭力教導他們所保持的美德被當成笑話來看，是多麼令人痛惡的事。

儘管羅布遜先生還不至於到酒鬼的地步，習慣喝果子酒的量倒也不少，偶爾還會享受地喝一杯摻水白蘭地。他極盡所能地教外甥也摹仿他喝酒，還灌輸他說，要是能喝越多果子酒和烈酒，越喜歡這些東西，就表示越勇敢、越有男子氣概，比他的妹妹還厲害。布朗菲爾德先生對此並沒有說什麼反對的話，因爲他最愛的飲料就是摻水杜松子酒，每天一小口、一小口地喝，也喝下不少——而我認爲，他憔悴的臉色和暴躁的脾氣，主要應歸咎於這一個嗜好。

羅布遜先生也誇讚湯姆虐待小動物的惡習，不只是口頭上說而已，更「以身作則」。他常到姊夫的獵場來跑跑或狩獵，總會帶著他那幾隻愛犬。他對狗非常兇惡，即使我當時很窮，但若是能看到他被狗咬上一口，我隨時都願意拿出一枚金幣來的，當然這還是要以那隻狗不受到懲罰爲前提。有時候，他會洋洋得意地跟孩子們一起去搗鳥窩，這是最令我生氣和厭煩的一件事。我不斷努力地教育他們這遊戲是殘忍的，才終於讓他們開始有點瞭解；並期望有一天他們會有正義和人道的觀念。然而，只要和羅布遜舅舅搗十分鐘的鳥窩，或者笑談他們以前幹過的種種野蠻行爲，就足以在頃刻之間把我苦口婆心才取得的成果，全部摧毀。幸虧，那年春天他們找到的盡是些空鳥巢，或者只有鳥蛋而已——因爲他們沒有耐心等小鳥孵出來。只有一次例外。那一次，湯姆跟他舅舅到附近的大農場去，回來時，興高采烈地捧著一窩還沒長毛的小鳥跑進花園。瑪麗安和芬妮剛在我的帶領下來到那裡，趕緊跑過去看他的戰利品，一臉羨慕的表情，央求湯姆各分給她們一隻。

「不行，一隻也不成！」湯姆喊道：「這些小鳥全都是我的，都是羅布遜舅舅給我的——一、二、三、四、五……妳們摸都不許摸一下！不成，一隻也不給，絕對不給！」他繼續興高采烈地說，一面把鳥窩放在地上，雙腿跨在鳥窩上，雙手插進口袋，身子往前傾，做出各種鬼臉，沉浸在自己的快樂中。

「不過妳們可以看我把牠們的毛拔個精光。相信我，我一定要狠狠的修理牠們！看我現在不動手才怪。哎呀！這窩東西實在是太逗了。」

「不行，湯姆，」我說：「不許你折磨這些小鳥，你要麼立刻把牠們弄死，要不就把牠們送回原處，母鳥或許還能繼續餵食牠們。」

「但是妳不知道牠們來自哪裡呀，老師，那地方只有我和羅布遜舅舅知道。」

「你要是不告訴我，我現在就弄死牠們，儘管我很不情願這樣做。」

「妳不敢，妳連碰都不敢碰牠們一下！因爲妳知道這樣做的話，爸爸、媽媽，還有羅布遜舅舅會生氣的。哈，哈！我又把妳難倒了吧，小姐。」

「只要是我認爲對的事，我就會做，不用徵詢任何人的意見。要是你的爸爸媽媽不贊成，我會因爲他們生氣而感到遺憾；至於羅布遜舅舅的意見，我根本就不需要在乎。」

在責任感的驅使下，我冒著傷害小鳥的不忍和惹主人生氣的風險，如此說道，接著把園丁架起來當鼠夾用的大石板拿起來，又苦口婆心地勸那位小暴君把小鳥送回去，問他到底準備怎麼處置牠們。他帶著惡魔般的笑容跟我說了一大串折磨牠們的辦法；當他說得起勁時，我將石板砸在他打算殘害的可憐蟲身上，把牠們壓扁了。這大膽的激烈行爲，引起他高聲喊叫和可怕的咒罵。羅布遜舅舅正揹著獵槍沿著小徑走來，才剛停下腳步準備踢他的狗。湯姆向他飛奔而去，詛咒著說要讓舅舅來踢我，而不是朱諾那條狗。羅布遜先生端起槍，看著外甥激動的樣子以及對我惡毒無禮的咒罵，放聲大笑了起來。「好啦，你眞有種！」他大聲地誇讚著，便拿起槍往屋裡走去。

「該死的，這孩子可眞有種。我還眞沒見過比他更厲害的小惡棍，他早已不讓娘們管啦。老天！他蔑視媽媽、奶奶、家庭教師，和所有的女人！哈、哈、哈！沒關係，湯姆，明天我再找一窩給你。」

「羅布遜先生，要是您再找一窩來，我會再把牠們砸死的。」我接著說。

「哼！」他這麼回了我一聲，我還很榮幸的受他一瞪——結果剛好與他的期望相反，我在他的瞪視下毫不畏縮。於是，他帶著極爲蔑視的神氣轉過身，趾高氣揚地進屋裡去。湯姆馬上跟他母親告狀去。夫人對於任何議題，一向都不會發表什麼意見的，可是，當她再次見到我時，臉部的表情和行爲舉止顯得更加陰沉冷峻了。

隨便聊了幾句天氣之後，她便說：「我很抱歉，格雷小姐，妳應該好好想想是否有必要干涉布朗菲爾德少爺的娛樂，他很氣妳毀了那些鳥。」

我回答道：「當布朗菲爾德少爺把傷害生靈當作娛樂時，我認爲自己有責任要出面阻止。」

「妳好像忘了，」她冷冷地說：「一切的生靈都是爲了人類的方便才創造出來的。」

我覺得這個說法很奇怪，不過只回應說：「即便如此，我們也沒有權利以折磨牠們爲樂。」

她說：「我想，我們總不能把一個孩子的快樂，和沒有靈魂之牲畜的苦樂同等看待吧。」

「但是，爲孩子著想，我們也不應該鼓勵他去從事這樣的娛樂呀，」我回答時盡量把話說得委婉些，以掩飾我身上罕見的執拗。『憐恤人的人有福了，因爲他們必蒙憐恤。』①」

「喔！當然，但那是指我們人類相互之間的行爲。」

「『憐恤人的人，也憐恤他的牲畜。』」我大膽地又補充了一句。

「我看妳也沒有表現出多少憐恤來，」她冷冷地笑了一下說道：「用這麼可怕的方式把那些可憐的小鳥殺死，只因爲這麼一個怪念頭，就讓那親愛的孩子如此傷心。」

我想自己還是別再繼續說下去的好，這是我和布朗菲爾德太太之間曾經快吵起架的一次，也是自從我來到這裡以來，頭一次和她說這麼多話。

然而，威爾伍德的訪客中，讓我煩惱的不只有羅布遜先生和布朗菲爾德老太太兩人而已。每一位訪客或多或少都讓我有點困擾，倒不是因爲他們對我無禮蔑視（儘管我確實覺得他們這方面的表現既奇怪又令人不快），而是因爲他們一直要我阻止學生接近客人，但我實在無法做到這點：湯姆非得跟他們說上話，瑪麗安則總要讓大家注意她。他們兄妹倆一點都不怕難爲情，或甚至連普通的禮貌也不懂。他們會無禮且大聲地打斷大人的談話，用很魯莽的問題來戲弄他們，粗魯地扭紳士的衣領，擅自爬上客人的膝上，拉住客人的肩膀，掏人家的口袋，拉扯女士的禮服，弄亂她們的頭髮和領子，還糾纏不休地向她們討取小飾品。

布朗菲爾德太太對於這一切只是感到吃驚和惱怒，全然沒想到自己應該出面制止，而是指望由我來做這一切。但是，我能怎麼做呢？那些衣著華麗的陌生客人爲了討好孩子們的父母，還一直恭維、縱容小搗蛋鬼，而我這麼一個衣著樸素、相貌一般、說話平實的人怎有能耐把他們拉走？我繃緊身上的每根神經，試著逗他們，把孩子們從客人那邊吸引過來。我盡力施展自己僅有的那麼一點點權威，甚至運用我敢運用的嚴厲措施，企圖阻止他們繼續騷擾客人。我責備他們無禮的行爲，讓他們感到羞恥，不要再犯。可是，他們一點也不知道羞恥，我的權威背後根本沒有讓他們眞正害怕的力量，只會遭到嘲笑；至於要激起他們的善良與感情，他們不是沒有心，就是他們的心被牢牢銲住了，封鎖得如此嚴實，就算我使盡全力，也觸碰不到他們的心。

豈料我在這方面的考驗很快就結束了，比我預期或希望的更快。

五月底的一個美好傍晚，我正爲即將來臨的假期而興奮不已，並爲我的學生終於有點進步而暗自慶幸（至少在功課方面如此，因爲我確實灌輸了一些東西到他們腦子裡，也終於讓他們懂事些了——只有一點點而已——例如知道要按時做完功課，才有時間玩，不要整天無謂地折磨我，也折磨他們自己），布朗菲爾德太太把我叫過去，以冷靜的口氣通知我：施洗約翰節②之後，就不僱用我了。她跟我說，我的性格和品行都無可指摘，但是我來了之後，孩子們依舊沒有什麼進步，布朗菲爾德先生和她都認爲，他們有責任尋找其他教育方式。雖然這些孩子在能力方面遠遠超過大多數同齡的孩童，但是在造詣方面肯定不如人家：他們缺乏教養、野性難馴。她把這一切都歸咎到我身上，說我不夠堅定、不夠努力，也沒能持續不斷地關心他們。

毫不動搖的堅定、充滿奉獻精神的努力、毫不懈怠的恆心、無微不至的關懷，正是我暗自引以爲傲的品性。憑藉著這些精神，我還希望總有一天能克服一切困難，取得最後的成功。我想爲自己說幾句話，當我眞的開口時，卻發現自己的聲音在顫抖。爲了掩飾內心的激動，不讓已經凝聚在眼眶的淚水奪眶而出，我決定保持沉默，像個自認有罪的被告忍受這一切。

就這樣，我被解僱了，得就此打包回家了。哎呀！他們會怎麼想呢？我說了這麼多大話，最後還是無法保住工作，就連一年都不到。當三個孩子的家庭教師，而孩子的母親還是姑媽口中的「很有教養的夫人」！這次的失敗讓我瞭解自己有多少斤兩，根本不用指望他們還會再讓我試一次了。我不喜歡這樣的想法。儘管我十分生氣、煩惱、失望，儘管我更深切體驗到家的可愛和可貴，這一切仍沒有打退我的冒險精神，我還不願意放棄我的努力。我知道，不是所有家長都像布朗菲爾德夫婦，而且我敢肯定，不是所有的孩子都像他們的孩子那樣。下一個家庭肯定不同，絕對會比那裡好些。我已經在逆境中鍛煉過，從經驗中學得教訓，我渴望能在親人們眼中重新豎起我失去的信譽，他們對我的評價，比整個世界對我的評判更加重要。

譯註：

①《聖經新約．馬太福音》第五章第七節，耶穌在〈登山寶訓〉中所說的話。

②六月二十四日，英國的重要節慶。

Chapter 6

# 第六章　重返牧師宅邸

有幾個月的時間，我在家過著平靜的生活，好好地休息與享受久違的自由，以及可貴的親情。我也把握時間認眞讀書，把我因待在威爾伍德而荒廢的學業補上，並吸收新的知識，留待日後使用。父親的健康狀況仍然很不穩定，但也沒比上次見面時更糟。我很欣慰自己的返家能讓他高興，尤其能爲他唱些他喜歡的曲子，逗他開心。

我的家人並沒因爲我的失敗而看輕我，或者說我應該接受他們的忠告，乖乖地待在家裡。他們都因我的返家高興不已，比以往更關心、體貼我，盡力補償我所經受的痛苦。但是，我想和他們分享那筆我高高興興賺來且小心翼翼存下的錢，他們卻連一個先令也不肯用。憑藉著從這裡省一筆、從那裡攢一點，家裡的債務幾乎快還清了。瑪麗的繪畫大獲成功，不過父親還是堅持要她把自己辛苦賺取的所得留給自己。扣除掉購買必要的衣服和留些錢以備不時之需外，他建議我們把剩下的錢都存進銀行。他說，我們可能不知道，自己很快就得靠這些錢生活了，因爲他有預感，和我們一起生活的日子已經不長了；他走了之後，母親和我們會變成怎樣？只有上帝知道。

親愛的爸爸！如果他不是過於憂慮我們在他死後將受苦，我認爲那可怕的結果也不會這麼快到來。要是母親使得上力的話，她是絕不允許他多想這件事的。

「啊，理察！」有一次她對他說：「只要你能把心中的這些憂慮掃除掉，就能活得和我們一樣久；

至少，你能活著看到她們姊妹倆結婚，高高興興地當外公，身邊有一個開心的老太太跟你作伴。」

母親大笑起來，父親也跟著笑了，然而，他的笑聲音很快就化為一聲鬱悶的哀嘆。

「她們倆結婚……身無分文的可憐孩子！」他說：「我真不知道有誰願意娶她們入門。」

「怎麼會沒有人因為娶到她們而感謝上帝呢？你娶我的時候，我不是也身無分文嗎？而你至少曾說過，能娶到我很幸福。不過，無論她們結不結婚，我們都能找到上千種好法子來養活自己。我不懂，理察，你怎麼老是擔心自己死了，我們會因貧窮受苦，就好像貧窮比我們失去你的悲傷更嚴重似的——你明明知道，失去你的痛苦大過一切，你應當盡力不讓我們遭受到這樣的痛苦才是。而保持健康最好的辦法，莫過於愉快的心情啦。」

「我知道，艾麗絲，我不該如此自尋煩惱，但我偏偏控制不了自己，妳就容忍著點吧。」

「要是能讓你改變，我就不會容忍這樣的你。」母親回答道，雖然話說得有點重，但她的話語中充滿愛，臉上愉悅的微笑讓所有嚴厲的語氣煙消雲散，父親也因此重展笑顏，不再像他平常那麼悲傷或突如其來的憂鬱。

「媽媽，」一找到機會跟她單獨談話，我就跟她說：「我的積蓄並不多，維持不了多久。若是我能多賺一點錢，就能減輕爸爸的憂慮，至少能減輕他憂慮的其中一個理由。我無法像瑪麗那樣畫畫，我所能做的，便是最好再找一份工作。」

「艾格妮絲，妳真的還想再試試？」

「我已經決定了。」

「為什麼呢，親愛的，我以為妳已經受夠了。」

「我知道。」我說：「但並不是所有人都像布朗菲爾德夫婦……」

「有些甚至更糟。」母親打斷我的話說道。

「但我想這種人並不是很多，」我回答：「我確定並不是所有孩子都像他們的孩子，因爲我和瑪麗就不是。我們總是聽您們的話去做，不是嗎？」

「大致上是如此。不過，我可沒有寵壞妳們，妳們畢竟也不是完美無缺的天使。瑪麗雖然文靜但很固執，而妳的脾氣也不是很好，不過總體說來，妳們都是很乖的孩子。」

「我知道自己有時候愛生氣，有時候我也很樂意看到那些孩子生氣，因爲那樣我反倒能理解他們。但是他們是從來都不會生氣的，因爲根本傷不了他們呀，心裡沒有受到傷害，哪兒懂得羞愧。除非他們性子來了，否則無論怎麼做，也無法惹毛他們。」

「嗯，如果他們不會生氣，那就不是他們的過錯了。妳不能指望石頭像黏土一樣柔韌。」

「是的，不過和這些冷漠無情、令人無法理解的小傢伙生活在一起，還是非常不愉快的事。妳無法愛他們；倘若妳用心去愛他們，妳的愛只會被踐踏在地，他們既不會回報，也不會珍惜和理解妳的愛。然而，即使讓我再碰上這樣的家庭——應該不大可能——我已經有了這次的經驗面對他們，我一定會做得更好的。我說這番話的最終目的就是，請您再讓我試一次吧。」

「好吧，我的女兒，我知道妳是不會輕易認輸的，這一點讓我感到萬分欣慰。但是，我要告訴妳，妳比剛離開家時更爲消瘦、蒼白許多，我們不能讓妳爲了自己或別人賺錢而拖垮了身體。」

「瑪麗也跟我說過我變了。對於這一點，我一點也不懷疑，因爲在那段日子裡，我整天都處於激動和憂慮的狀態，但是我已經下定決心，下一次絕對要冷靜處理問題。」

經過進一步的討論後，母親答應會再幫我一次，讓我耐心等待。我請求她在她認爲最適當的時間並以最適當的方式告訴父親，我從不懷疑她讓父親應允的能力。在此同時，我興致勃勃地在報紙上的廣告欄找工作，寫信給每一個我認爲合適的「家庭女教師應徵」工作。然而，我得把我寫的所有應聘信及回函都讓母親過目。教我懊惱的是，她要我放棄一個又一個可能的工作機會：這些家庭的社會地位太低，那些家庭要求太過苛刻，另外一些家庭給的薪資又太少。

「妳的才能不是所有窮牧師的女兒都能具備的，艾格妮絲，」她會這樣說：「妳不能忽視自己的這些才能。記住，妳答應過要有耐心的。不需要著急，妳有的是時間，而且應該還有很多機會。」

最後，她建議我自己在報紙上刊登一則求職啓事，說明自己具備的資格。

「音樂、歌唱、繪畫、法文、拉丁文和德文，」她說：「加在一起就相當可觀了，多少家庭希望聘請這麼一位有才能的教師哪。這一次，妳要試看看能否找到社會地位較高的家庭——眞正有教養的紳士家庭，因爲這樣的家庭可能會比那些荷包滿滿的自大商人和傲慢的暴發戶更尊敬和關心妳。我曾經結識過幾個接近上流社會的家庭，他們對待家庭女教師如同親人。當然，我得承認，其中有些家庭也像別的家庭一樣傲慢刻薄，因爲每個階級都有好人和壞人。」

我很快就擬好應徵啓事寄送出去。有兩個家庭來信表示願意聘請我，其中一家願意給我五十鎊年薪，這是母親讓我提出的薪資。但我卻有點猶豫不前，我擔心那個家庭的孩子太大了，家長即使不想聘請一位比我更有造詣的教師，也會想要請一位比我更厲害、更有資歷的教師。但是，母親勸我不要因爲這樣而放棄好機會。她說，只要我拋開恐懼、多一點自信心，就能勝任這份工作。我只要眞誠坦白地向他們說明自己的能力與資格，提出我想要的條件，等待他們的答覆就好了。我唯一敢提出的條件是：請他們允許我在施洗約翰節到聖誕節期間，享有兩個月的年假回家探親。那位尚未碰面的夫人在回信中答應接受這一項要求，並在信中寫道：她毫不懷疑我的能力將能讓她滿意；然而，她聘請教師時最重要的考量並不是這些，因爲她家住在O地①附近，她可以聘請到有能力的專家學者，但她認爲除了完美無缺的品德外，最重要的條件是性格溫柔而開朗，兼具有熱心助人的性情。

我母親很不喜歡回信中的這番話，並提出許多反對我接受這份工作的理由；姊姊也很同意母親的看法。但我不想再次受阻撓，便斷然拒絕她們的意見。我先是取得父親的同意（他不久前才剛得知此事），接著寫了一封謙遜有禮的信給這位尚未謀面的家長，而且，雙方終於達成協議。

我們協議將於一月的最後一天開始這份新工作，開始在O地附近的霍頓山莊，當莫瑞先生家的家庭教師。那兒離我們的村莊約有七十英里遠，對我來說，這是個遠得令人害怕的距離，因爲自我出生以來的二十年間，從未到過離家二十英里外的地方；再加上我並沒有任何親人或認識的人住在那一帶。但是，這只會讓我更爲興奮，現在的我，在某個程度上已經克服了以前那種讓我非常壓抑的羞怯感。一想到自己即將到一個陌生的地區，獨自在那些陌生的人們之間開創一片天地，心裡便雀躍不已。我信心滿滿地想著自己就要去見識見識世面了。莫瑞先生居住的地方靠近一座大城，並不是那種大家什麼也不做淨知道賺錢的工業區。據我所知，莫瑞先生的社會地位似乎比布朗菲爾德先生還高，應該就像母親說過的那種眞正有教養的紳士，會把家庭教師視爲有地位、受過良好教育的淑女來尊敬，而不只是把她當作指導孩子們的上等僕人而已。這一次，我的學生年齡較大，肯定會比上次的學生更懂事、更受教，不會讓我那麼傷腦筋了。我也不必老是把他們關在教室裡，不用一直費心地看管他們。

最後，某種對於光明未來的憧憬，跳進我的希望中，這和照顧孩子及家庭教師的職責沒有什麼關係，甚至毫無關聯。因此，各位讀者應該明白，我不能自稱是一位犧牲自我的烈士，準備犧牲自己平靜且自由的生活，就只是爲了讓父母生活無憂而出去賺錢。當然，我心裡仍然盤算著如何讓父親過得更舒適，將來如何供養母親的生活，五十英鎊對我來講並不是一筆小數目。我得買些與我身分相稱的像樣衣服；看來我以後得送洗衣服了，還要支付每年往返霍頓山莊與自家的四趟旅費。但只要省著點用，二十英鎊或再多一點應該足以支付這些費用。那麼，我每年就有三十英鎊左右的餘款可存入銀行，這會讓我們的積蓄變得多可觀啊！啊，無論如何，我得努力保住這份工作！這不僅是爲了恢復我在親人心中的信譽，也能對他們做出實質的貢獻。

譯註：

①O地指的應該是Oxford，也就是英國最有名的牛津大學所在地。

# 第七章　霍頓山莊

Chapter 7

一月三十一日是個狂風暴雨的日子，狂暴的北風一直吹著，不斷將雪片吹落在地，或在空中盤旋著。家人都勸我延遲出發日期，但我擔心在工作的一開始，會因為不遵守日期而讓雇主對我有了偏見，因此仍堅持按照約定時間出發。

我就不在此贅述那個陰沉的冬日早晨離家時的情景了：那充滿愛的道別，前往O地的漫漫旅途——在客棧中獨自等候馬車或火車（當時有些地方火車已經通了）時的滋味——最後終於抵達O地，見到莫瑞先生派來的僕人，他趕著一輛四輪敞篷馬車來接我到霍頓山莊。我只想說，這場大雪覆沒了馬路，嚴重拖累拉車馬匹和火車蒸汽機的行進，因此在我還未抵達目的地前的幾個小時，就已經天黑，並下了一場令人不知所措的暴風雪，讓O地與霍頓山莊之間的幾英里路變得如此遙遠、可怕。我無奈地坐在車裡，任憑冰冷刺骨的雪鑽進面紗，覆滿雙腿，眼前一片漆黑，真不知那倒楣的馬匹和車夫怎麼還能繼續趕路，當時馬車行進的速度確實相當緩慢，充其量只能說是在辛苦地爬行而已。我們的馬車終於停住了。我聽到車夫喊著讓人出來開門，門鍊吱吱作響的解開來，那門就像兩扇公園大門。接著，馬車沿著一條比較平坦的馬路往前進，我偶爾能在黑暗中，隱約看到一些大大的灰白色物體，我想那應該是被白雪覆蓋的樹木吧。馬車走了一段時間，我們才再次停下，停在一座有著巨大落地窗的大宅邸前，整座建築氣勢雄偉。

我好不容易才從積雪層覆中站起身來，步出馬車，期盼看到親切又熱情的接待，彌補這一整天舟車勞頓的艱苦。一位穿著黑衣服的紳士開了門，領我進去寬敞的大廳，一盞琥珀色的吊燈從天花板垂掛而下。他帶我穿過大廳沿著走廊往前行，打開後面一間房門，跟我說這就是教室。我走進去，發現那裡面有兩位小淑女和兩位小紳士，我猜他們應該就是我以後的學生。正式打過招呼後，那位較大的女孩，本來手邊有一塊帆布和一籃德國毛線在做活兒，問我是否想上樓歇歇。當然，我的答案是肯定的。

「瑪蒂達，拿著蠟燭，帶她到她的房間去。」她說。

瑪蒂達小姐，一位約十四歲，長得十分健壯結實的丫頭，身著短大衣及長褲，聳著肩膀，偷偷地扮了個鬼臉，不過還是拿起蠟燭在我前面引路。我們走上後面的樓梯（那是座又高又陡的兩段式樓梯），穿過又長又窄的走廊，來到一間空間雖小但還算舒適的房間。接著她問我是否想喝點茶或咖啡。我本來都快要說出「不」這個字來了，但想起從那天早上七點鐘之後，我什麼東西也沒吃，餓得快暈倒了，因此我說想喝杯茶。她說她會吩咐「布朗」，之後便離開了。我才脫掉沉重的濕斗篷、披巾、女帽等等，一位矯揉造作的年輕女孩過來跟我說，小姐們想知道我想在樓上用茶，還是在教室用。我以身體疲乏爲由，說想在樓上用。她退了出去，過了一會兒，又捧著一只小茶盤回來，放在那張當梳妝台用的五斗櫃上。我很有禮貌地向她道謝，並問她明天早晨我應該什麼時候起床。

「小姐和少爺八點半用早餐，小姐。」她說：「他們雖然起得早，但是很少在早餐前做功課，所以我想妳七點以後再起床就行了。」

我請她是否可以七點鐘時來叫我，她答應後便離開了。我餓了這麼久，現在終於可以喝上一杯茶並享用一片薄薄的麵包及奶油，接著我便坐在那一小堆燒得不旺的爐火旁，痛痛快快地哭了一場，紓解心頭的鬱悶。哭過之後，我開始唸一段祈禱文，這才覺得舒坦多了，開始準備上床睡覺。我發現我的行李一件也沒送上來，便開始找拉鈴，但找遍房間的每一個角落，也沒看到這便利設施的蹤影。於是我拿起蠟燭，試著穿過長廊，又走下那座陡峭的樓梯，慢慢摸索探險。途中遇見一位穿戴體面的女子，我告訴她自己的需求，但說話時心裡頗爲躊躇，因爲我不敢肯定她是高級女僕，還是莫瑞夫人本人；碰巧的是，她是夫人的貼身女侍。她擺出一副好像給了我多大恩惠似的神氣，答應去叫人把我的行李送上來。我又回到自己的房間，忐忑不安地等了好長一段時間（擔心她會忘記或不想去做答應我的事，不知道我應該繼續等下去，還是乾脆直接上床睡覺或者再下樓去）。終於，當我聽到門外的談笑聲和走廊傳來的腳步聲時，心裡的希望才又重新燃起。不一會兒，一位模樣粗魯的女僕和另一位男僕終於把行李送來了，他們對我的態度都不夠尊重。他們一走，我就關上房門，打開行李拿出幾件東西後，便躺下來休息。我很慶幸自己終於能躺下來了，因爲我的身心都已疲憊不堪。

第二天早晨醒來時，一股強烈的淒涼感湧上心頭，其中還摻雜著對自己所處環境的強烈陌生感，而對於未知事物的好奇心，似乎也無法讓我感到快樂。我覺得自己好像中了魔法，被捲上雲端，又突然被拋在一片完全與外界隔絕且荒蕪陌生的土地上，一個以前從未看過或知道的地方；或是像一粒被風捲走的薊草種子，落在一片不適合的土壤上，必須落在那裡很久才能生根、發芽（要是真的可以發芽的話），還要從那似乎與它本質極爲相異的地方汲取養分。但這些話仍遠遠不足以恰當地表達我的感覺，凡是未曾過著像我以前那種與世隔絕的恬靜生活者，絕無法想像我現在的感覺：即使是某個早上醒來發現自己置身於巴納爾遜港①或紐西蘭，和他所有朋友隔著一片汪洋大海的人，也無法瞭解我當時的感覺。

我難以忘懷當我拉開窗簾往外看到那陌生世界時的奇異感，我眼前所看到的，就只有一片白茫茫的曠野——一片被棄置在冰雪中的荒野，以及被壓得沉甸甸的樹叢。

我下樓走到教室，心裡並不特別急著想見我的學生，儘管心裡仍好奇著當我們彼此進一步認識後，會有什麼新發現。有一件比這更重要的事，我已暗下決心：從一開始，我就要稱他們爲小姐和少爺。家裡的孩子和他們每日相伴的教師之間，用這麼拘謹的稱呼，對我來講似乎有點冷淡又不自然，特別是當孩子的年齡還很小時，像威爾伍德大宅的狀況，但即使是在那裡，我直呼布朗菲爾德家孩子的名字，亦被視作冒犯、失禮的行爲；他們的父母很在意這些，對我說話時，總是刻意稱自己的孩子爲少爺、小姐。我是過了很久之後，才瞭解他們的用意，因爲那整個情況讓我覺得極爲荒唐。而這一次，我決定放聰明些，一開始就注意這個家可能會要求的禮節。事實上，這家的孩子大很多，這麼做也不會覺得太彆扭，然而少爺、小姐這類的小字眼似乎具有驚人的效果，會抑制所有熟悉、推心置腹的友好情感，消滅可能在我們之間燃起的熱誠火花。

由於我不像道格培里②，想要把所有冗長乏味的事情都告訴讀者，來煩擾各位，故我不打算在此贅述那一天及隔天的所有細節。只要粗略地介紹這個家庭的各個成員，以及我在這裡生活時前一、兩年的情況，應該就已足夠了。

讓我們先從一家之主莫瑞先生說起。據說他是一位狂暴、愛飲酒作樂的鄉村紳士，醉心於獵狐活動，馬術和馬醫技術一流，不僅是積極務實的農夫，而且也是個熱愛美食的老饕。對於他，我只能用「據說」；因爲除了星期日上教堂外，我常常整整好幾個月的時間都沒見到他，除非是當我穿過大廳或在庭園散步時，偶爾才會碰到這位高大健壯、臉頰和鼻子紅通通的紳士。在這樣的情況下，如果他和我距離近到可以談話，他通常會隨便點個頭，道聲「早安，格雷小姐」之類的簡短問話，多半有點恩賜的樣子。的確，我常常能聽到他的大笑聲從遠處傳過來，且更常聽到的是他詛咒或辱罵男僕、馬夫、車夫或其他倒楣的下人。

莫瑞夫人是一位面容姣好、神采奕奕的四十歲太太，絲毫不需靠胭脂或服飾襯墊來增添她的魅力；她的主要娛樂是，或者說似乎是，常常舉辦或參加宴會，穿著最時髦的服飾。我抵達後的隔天早上十一點鐘之後才見到她。承蒙她紆尊降貴來看我時，就像我母親走進廚房看一位新來的女僕一樣，不，甚至還不如呢！因爲只要女僕一到，母親就會立刻去看她，不消等到第二天，而且母親會以親切和藹得多的態度和她說話、好言相慰，並說明工作職責；光這兩點，莫瑞夫人都沒有做到。她只是到管家那裡吩咐該準備什麼餐點後回房時，順道走進教室來，跟我道一聲「早安」，並站在爐火邊約莫兩分鐘的時間，聊了幾句天氣和昨天我一路上該是「辛苦了」之類的話，拍拍她最小的孩子（一個十歲的男孩，他剛吃過管家貯藏室裡的什麼美味佳餚，正用母親的睡衣擦嘴、擦手），跟我說這是個多麼可愛的好孩子呀；接著便掛著沾沾自喜的微笑，步態優美地走出房間。無疑地，她一定在想，自己現在做到這樣就已經足夠了，她的屈尊問候肯定讓我受寵若驚。顯然，她的孩子也抱持著同樣的想法，唯獨我自己有不同的看法。

在這之後，她還來看過我一兩次，當學生都不在時，針對我教養孩子的責任開導一番。對於女孩子，她似乎只急於要她們呈現出迷人的外表和足以賣弄的才藝，且又不能讓她們感到麻煩和困難；我應當依她的要求努力：要學會盡量讓她們開心並滿足她們的要求，教導她們，讓她們的儀態優美文雅，在教導的過程中讓她們盡可能輕鬆愉快，還不可行使我的權威。對於兩個男孩子，要求大致相同；唯一的差別在於，他們不需要有什麼才藝。爲了讓他們入學後能跟上進度，我盡量多往他們腦袋瓜裡塞些拉丁文法和伐爾比的《拉丁文選》③——所謂的「盡量多」，也是以不讓他們感到麻煩為限。約翰可能「有點容易激動」，而查爾斯則有點「膽小且不夠開朗……」。

「不過，格雷小姐，無論如何，」她說：「我希望妳永遠都要耐住性子，溫柔又有耐心，特別是對親愛的小查爾斯。他是那麼地膽小敏感，無法忍受任何不溫柔的對待。希望妳不要介意我跟妳說這些，因為到目前為止，我發現所有的家庭教師，即使是其中最優秀的，也特別容易在這方面犯錯。她們缺乏那種溫柔恬靜的氣質，正如聖馬太之類的聖人所說的：『有了它，比穿上漂亮的衣裳更好。』妳是牧師的女兒，一定知道我說的是哪一章節。不過我並不擔心，妳這方面，一定會跟其他方面做得一樣好的。而且要記得，不管在什麼情況下，那些孩子若是做錯了事，好言相勸都沒辦法的話，妳可以讓其他孩子來告訴我，因為我可以更直截了當地跟他們說話；不過妳就不適合這麼說話了。格雷小姐，盡量讓他們開心的過日子，我敢肯定，妳一定會做得很好。」

我發現當莫瑞夫人關注於她兒女們的舒適與快樂之際，竟一次也沒有關心過我的情況，儘管他們住在自己家裡，周圍都是自己的親人，而我卻是孤單地生活在一堆陌生人當中。當時我的閱歷尚淺，還不習慣面對這種奇怪的行為模式。

我剛到的時候，莫瑞小姐，也就是羅莎莉，大約十六歲，她確實是個非常漂亮的女孩。兩年之後，她的身材越發成熟，儀態舉止也更添優雅，完全就是個美麗的姑娘。她身材高䠷、苗條，但並不顯瘦削；體型完美、皮膚白皙，但並不是那種毫無光澤的白，還透著健康的紅潤光澤；她的頭髮，是近乎金黃色的棕髮，一頭秀髮捲成長鬈兒；淺藍色的雙眸，是那麼清澈明亮，誰也不會希望它的顏色更深些。其他的五官則十分纖細，不頂端正，也不特別漂亮，但整體來講，任何人都會肯定地說她是位可愛的姑娘。但是，眞希望我能像讚美她的身材和臉蛋那樣讚美她的心靈和氣質。

請別誤會，並沒有什麼可怕的事情要告訴大家。她是個充滿活力、心思單純的人，只要順著她的意，她可說是個好相處的人。我剛來的時候，她對我既冷淡又傲慢、無禮又蠻橫。但是當我們進一步熟識之後，她便逐漸卸下心防，最後變得很依賴我——當然，對我這種性格與地位的最大程度。因爲，最多半個小時，她就會想到我只是她家聘僱的窮牧師女兒。不過，總體來講，我想她對我的尊敬，超過她所能意識到的程度，畢竟我是這個家裡唯一堅持循循教導她做人原則的人，始終對她講眞話，善盡教師的職責。我這麼說，當然不是想吹捧自己，而是想要讓大家瞭解我當時所待的那個家庭有多麼奇怪。

我爲這家人全都可悲地缺乏原則而感到遺憾，尤其是爲莫瑞小姐。這不光是因爲她喜歡我，還因爲她雖然有些缺點，她身上仍有那麼多惹人喜愛的地方，我眞心喜歡她——只要她不要讓自己的缺點表現得太明顯，惹惱我忍不住要對她發脾氣。然而，我寧願這樣說服自己：她的缺點是她的教育所造成的，並非她的本性。從來沒有人清清楚楚地教她如何明辨是非；她就像弟弟、妹妹一樣，從小就任性地對保母、家庭教師、僕人頤指氣使，沒能受到良好的教養；未曾有人教導過她要克制自己的欲望、控制自己的脾氣，或是爲他人著想而犧牲自己的快樂。她的本性很好，從不粗暴或乖僻，但是因爲一直過著驕縱的生活，習慣無視情理，讓她常顯得煩躁和反覆不定。她的心靈從未受到適當的培養；她的才智不過平平，個性很活潑，觀察力也算敏銳，在音樂方面頗有天賦，語言學習得不錯，但十五歲以前從未認眞學習過任何東西，之後是因爲愛表現，才激發出她的潛能學些東西，不過只限於一些可以在人前賣弄的技能而已。

我來的時候，她還是這樣：什麼也不學，就只想學法文、德文、音樂、唱歌、跳舞、刺繡和一點點繪畫——而繪畫，她只想用最少的努力，畫出最讓人驚豔的成果而已，技巧的部分常常是要由我來完成。音樂和歌唱方面，除了我偶爾指導她之外，家裡還為她請了當地最好的老師；她在音樂和歌唱以及跳舞方面的成就，確實已經相當嫻熟。事實上，她花太多時間在音樂上了，身為家庭教師，我得常常提醒她這一點，不過她母親認為：既然她喜歡，那麼為了專精這麼迷人的藝術，花再多的時間也不為過。我對刺繡本來一無所知，不過從學生身上及自己在旁觀看，也學到了一點。可我才剛學會一點，她就要我幫她做各種東西，刺繡中所有繁瑣的部分都落到我肩上，像是拉綁在架上、在粗布上釘出輪廓、捲好毛線和絲線、繡上背景部分、數針數、修改繡錯的地方，還有完成她已經厭煩的活兒。

十六歲時，莫瑞小姐有點兒頑皮，但並不太過分，以那個年齡的女孩而言，是很自然、可以容許的；然而到了十七歲，這樣的性格，就跟其他方面一樣，開始被另一種熱情所淹沒了，那就是一種想吸引和迷惑異性的野心。不過她的事情已經說得夠多了，現在讓我們來談談她的妹妹。

瑪蒂達．莫瑞小姐是個眞正淘氣的姑娘，對於這點根本就是無庸置疑。她比姊姊小兩歲半，五官長得較粗曠些，膚色也黑得多。她本來有可能成為一位美麗的姑娘，可惜她的骨架太大、舉止又不夠優雅，遠遠稱不上是位漂亮的姑娘；但目前她並不在乎這點。羅莎莉很清楚自己的魅力，且把這些魅力想得比實際高出許多，即使把它放大三倍，仍顯得過多了。瑪蒂達固然覺得自己長得不錯，但還不怎麼在意這種事，對心靈品性方面的修養，更不放在心上，也不想學點能彌補自己外表的技藝。看她讀書和練習彈琴時那種漫不經心的樣子，任所有教師都會感到心灰意冷。她的功課既少又簡單，只要她肯做，很快就可以完成的，她偏總是要拖到很晚，弄得自己好像很辛苦的樣子，也惹得我很不高興。短短半小時的彈鋼琴練習時間，總是要痛苦地熬過：她老愛亂彈一氣，還要蠻不講理地指責我，怪我糾正並打斷她的彈奏，或是抱怨我爲什麼不在她彈錯之前就提醒她，淨是這些不合理的話。有一、兩次，我大膽地嚴肅指責她蠻橫的態度，但每一次都受到她母親滿含責備意味的忠告，讓我瞭解到，若想保住自己的職位，就應該聽任瑪蒂達小姐按自己的方式行事。

然而，只要一做完功課，她的壞脾氣就全都拋在腦後了，當她騎上那匹神氣十足的小馬，或是和那幾隻小狗或弟弟、妹妹嬉鬧時（尤其是她最喜愛的弟弟約翰），她就快樂得像隻雲雀。如果瑪蒂達是動物就好啦，充滿生命力，活潑又好動；但以一個有智慧的人類來講，她愚鈍無知、野性難馴，粗心又不可理喻。因此，要負責開發她的智慧、改善她的風度，並幫助她學習那些能修飾門面的技藝，對於這樣一位教師來講，是非常令人沮喪的事，她和姊姊不一樣，對於學習彈琴、歌唱之類的才藝，絲毫提不起興致。她的母親對這些缺點亦非全然不瞭解，曾多次指導我該如何幫助她養成高雅的品味，應當努力發掘並利用她那沉睡的虛榮心，巧妙地運用討好和讚美來引誘她學習的興趣——可這些我都做不來。我怎麼能把她學習的道路，都鋪得如此平順，讓她毫不費力地在上面滑行呢？至於她母親的指示，我實在做不到，畢竟若是學生本身一點都不肯努力，那麼任憑我怎麼教，也只是徒費心力。

而道德方面，瑪蒂達魯莽、頑固、暴烈、蠻不講理。有一個例子可以證明她內心有多糟糕：她從父親那裡學會了破口大罵的本領。她母親對這種「一點也沒有女孩子樣」的情況感到十分震驚，還大惑不解地問：「她是從哪兒學來的？不過，妳很快就能讓她改掉的，格雷小姐。」她說：「這只是個習慣。當她每次這麼做時，妳只要輕柔地提醒她一聲，我敢說，她一定很快就會改掉的。」

我不只「輕柔地提醒」，還試圖讓她牢牢地記住這種行爲有多糟糕，有教養的人聽來有多麼不入耳，但全都是白費工夫。我所得到的回應，就只是一聲滿不在乎的笑聲，以及「啊，格雷小姐，妳嚇壞啦！真好玩！」或是「好啦！我控制不了，爸爸不該教我的。我全都是跟他學來的呀，跟車夫也多少學了些。」

我剛到時，她的弟弟約翰，或者應該稱「莫瑞少爺」，大約十一歲，是個俊俏、結實又健康的男孩。總體說來，他人很誠實，性情也不錯，要是好好教育的話，應該可以成爲一位正派的小伙子，然而現在他卻變成像一頭熊那麼粗魯、兇暴、桀驁不馴、沒教養、無知、完全不受教——至少，一個在他母親眼皮底下的家庭教師是管不了他的。他學校裡的老師或許比較管得住他，果然一年不到，他就被送進學校，可眞讓我鬆了一口氣。進學校時，他對拉丁文根本一無所知，對其他更有用但卻更不被重視的學科也一樣，眞讓人覺得丟臉——毫無疑問的，這所有的責任都要推到負責教育他的那名無知女教師身上，她怎麼敢接下一個她完全沒有能力擔負的工作。整整一年之後，我才卸掉教育他弟弟的責任，他弟弟被送進學校時，其無知的程度就跟他哥哥一樣丟臉。

查爾斯少爺乃是他媽媽的心肝寶貝。他比約翰小一歲多一點，但個子要小得多、臉色也較爲蒼白，沒那麼活潑好動和健康。他是個愛發脾氣、膽小、任性、自私的小傢伙，只有在惡作劇時才顯得比較有活力，撒謊時才顯得聰明伶俐。他撒謊不只是想掩飾自己的過錯，還要惡毒的嫁禍於人。事實上，查爾斯少爺對我來講眞是一大折磨啊，想要跟他和平相處，根本是對耐心的一項考驗，要看管他，那是難上加難；要教他，或假裝教他，更是無法想像的事。他十歲時，連基礎書本中最容易的句子都無法正確閱讀，而且，還要依據他母親所指示的原則教學：比如，在他遲疑或需要查某個拼音之前，我就得先告訴他，即使是基於要激勵他用功讀書，也不准跟他提說別人家的孩子老早遠遠超越他的事實。毫無疑問的，在我負責教他的兩年期間，他幾乎看不出有半點進步。連那一丁點拉丁文文法和知識，都要我不斷地跟他複述，直到他說懂了為止，最後我還是得再幫他唸一遍。如果他把最簡單的算術弄錯了，我得立刻演算給他看，幫他算出答案，而不該把他留在那裡，讓他自己去算、去學習；這麼一來，他當然不肯費心作對題目，而是常常連算都不算，直接胡亂寫個數字了事。

我並不只是一成不變地遵循這些規定而已，因為這樣有違我個人的原則。然而，只要我大膽稍稍悖離這些規定，總要引起那些小學生的怒火，隨之又是他母親的怒氣。他會誇大事實惡意跟媽媽告狀，加油添醋地說我如何違背她的規定，最後常害得我差點要被解僱或請辭。但是，想到家中的親人，我只好放下自尊、強忍住心中的憤怒，設法堅持下去，直到那個折磨人的小傢伙被送進學校。他的父親聲稱：「家庭教育對他已起不了作用啦，很明顯的，他母親把他寵得無法無天，而家庭教師根本管不住他。」

我還想再說點我對霍頓山莊的看法以及之後發生的事情，不過現在先讓我們暫停這枯燥乏味的敘述。那是座非常氣派的宅邸，無論就歷史、規模及華麗程度方面，皆比布朗菲爾德先生的莊園更加古色古香：花園儘管不像家裡那麼雅緻，但少了修剪得平整的草坪，卻有小樹圍護著籬笆、挺拔的白楊樹叢和樅樹園，外加一座廣闊的公園，除有些鹿群，亦用一些漂亮老樹點綴得相當美麗；周圍的田野本身就夠迷人，可見到肥沃的田地、茂密的樹林、寧靜的綠色小徑，還有那宜人的樹籬，兩側的低坡上野花遍佈。不過，從一個在崎嶇山區長大的人看來，這裡平緩的山丘，卻是沉悶的平坦……

這裡離村裡的教堂約有兩英里遠，因此，每個星期天早晨，家裡的馬車就會準備好上教堂去（有時候還會更頻繁些）。一般說來，莫瑞先生和夫人認為他們只要那天裡在教堂露一次面就夠了，不過孩子們常常還想要再去一次，只為了能在教堂附近的空地上閒逛一天。如果我那幾位學生想走過去，並要我陪伴，我也很樂意，否則要是坐馬車去的話，我總要被擠到離那扇打開的車窗最遠的角落，而且我坐的方向跟行車方向剛好相反，總讓我頭暈想吐。在教堂裡不是禮拜做到一半時就得離開，就是我虔誠的心被虛脫和眩暈感攪得心神不寧，還要擔心自己會暈得越厲害。星期天原本應該是讓人期待的休息日，聖潔、寧靜、愉快，卻反倒常是苦惱的頭疼伴我一整天。

「這也太奇怪了，格雷小姐，妳怎麼一坐馬車就想吐？我可從來不會這樣。」瑪蒂達小姐說。

「我也不會這樣，」她的姊姊說：「不過我敢說，要是我坐在她那個位置，也會想吐的。格雷小姐，那眞是個討厭、可怕的位置，妳怎麼受得了！」

我不受也得受，因爲我根本就沒有選擇——我本該這麼回答的，但想到她們的感覺，我只回答：「喔！路途不算太遠，只要在教堂裡不會想吐就行了，我沒關係的。」

若要我描述我們平常一天的作息，那是很困難的事。我三餐都和學生在教室裡用，用餐時間則隨他們高興。有時候菜才煮到一半，他們就拉鈴要求用餐；有時候他們讓餐點擺在桌上半個多小時還不吃，等到想吃時，又要發脾氣，因爲馬鈴薯涼啦，肉汁上的油也凝凍了。有時候他們下午四點鐘會要求用茶點，但更多時候，他們會因爲僕人沒有準時在五點時將茶點送上來而大發脾氣。要是僕人遵從他們這次的命令，五點準時送上來，他們又會讓食物擺到晚上七、八點鐘，似乎是在鼓勵他們遵守時間。

他們上課的時間也跟用餐時間差不多，從未徵詢過我的意見。有時瑪蒂達和約翰會決定「吃早餐之前，把所有討厭的事情都做完」，五點半一大早就讓女僕過來叫我起床，一點顧慮和歉意都沒有。有時候，他們要求我六點整準備好上課，我匆匆忙忙穿好衣服，下樓來時卻看到教室空蕩蕩的，焦慮不安地等了好久，才得知他們又改變心意，此刻正在床上呼呼大睡呢。或者還有可能是：在天氣晴朗的夏天早晨，布朗會走過來告訴我說，少爺和小姐想放一天假，已經出門去了；我只得一直等到他們回來吃早餐，等得我差一點餓暈過去，但他們出去之前，卻早已用過早餐。

他們常喜歡在戶外做功課，對此我並不反對，只是我常因爲坐在濕草地上或受了黃昏的露水而著涼，他們似乎毫不受影響。他們的身體非常強健，這雖然很好，但是如果有人能教他們稍微懂得關心那些身體不如他們的人，當然就更好了。然而，我不能責怪他們，也許這正是我自己的錯，因爲我從未對他們喜歡坐在哪裡提出過反對意見。我眞傻，竟然寧願拿自己的身體冒險，也不想惹惱他們。最讓我困擾的是，他們做功課時那種不成體統的樣子，就跟他們任意選擇上課時間和地點一樣。我在教他們或幫他們複習功課時，他們不是懶洋洋地靠在沙發上，就是躺在地毯上，伸懶腰、打呵欠、互相交頭接耳，或者望著窗外。可是，我卻連撥一撥爐火或撿起掉在地上的手絹都不行。每當我這麼做時，總會有一名學生站起來指責我說：「妳這麼不專心，媽媽會不高興的。」

就連僕人們都可看出，家庭女教師在家長和學生心目中的地位是如此低下，於是他們也以同樣標準來調整對待我的態度。我常常不惜冒著損害自己利益的風險，站出來替他們說話，免得少爺小姐虐待他們、對他們不公平，且總是盡量不去麻煩他們，孰料他們竟完全忽視我最基本的安適，無視於我的要求，蔑示我的指示。我相信，並不是所有的僕人都會這麼做的，但是總體來說，僕人大多愚昧無知、缺乏判斷及反思能力，易受主子輕忽的態度和壞榜樣所影響；而這些，我想，這個家從最上位就沒好好的立下個榜樣。

有時候我覺得，自己自作自受地降低了地位，對於要忍受這麼多無禮的待遇，備感羞辱。但有時我又想，在乎這些眞是太傻了，擔心自己一定是非常可悲地缺乏基督精神或那些「忍耐、仁慈、不爲自己、不輕易發怒、凡事包容、忍耐」之美德④。然隨著時間與耐心的等待，情況稍稍好轉了——當然只是慢慢、不知不覺中，不過我總算擺脫了那兩個男學生（這帶來多大益處啊）。至於那兩個女學生，正如我前面所提到的，其中一個慢慢地不再那麼盛氣凌人，且開始表現出某種懂得尊重人的跡象。

「格雷小姐是個怪人，她從不恭維人，稱讚別人時又總或多或少有所保留；但是，當她開口說別人好，或肯定對方的某些長處時，那麼他們完全可以相信她的讚揚是眞誠的。總體說來，她待人親切、安靜、平和，不過有些事情也會惹她發火的。她生氣時，別人當然不太在乎，但說眞的，還是別惹她生氣爲好。當她心情愉快時，會和人交談，有時讓人覺得非常愉快、有趣，當然，她有自己的一套方式，雖和媽媽的不一樣，不過有她這麼個人來改變一下，也算是不錯。她對每一件事都有自己的見解，而且總是固執己見，她的見解又常常讓人厭倦哩，總是在思考什麼是正確的、什麼是錯誤的？對於宗教上的虔誠，更令人驚訝，尤其她對好人的喜愛，眞是無法想像。」

譯註：

①Nelson Port，巴哈馬群島上的一個港口。

②道格培里（Dogberry），是莎士比亞《無事生非》劇中的警官角色。

③英國學校教師（Richard Valpy），他所著作的希臘及拉丁文選廣為英國學校採用。

④典出《新約聖經・哥林多前書》第十三章第四、五、七節。

Chapter 8

# 第八章　初次步入社交界的女子

莫瑞小姐十八歲時，就將從平淡的教室踏入燦爛的時髦世界——至少，這裡的社交界不輸倫敦以外的任何地方。誰也無法讓她的爸爸離開鄉村的消遣和娛樂，甚至連到城裡住上幾星期他都不願意。一月三日，她就要「初次步入社交界」①，參加一場豪華舞會，那是她媽媽提議舉辦的，邀請了O地及周圍二十英里內的所有貴族和精挑細選的紳士淑女參加。當然，她是迫不及待盼望著那一天趕快到來，對舞會的歡樂，懷著種種不切實際的期待。

「格雷小姐，」她喚我，在一個離那個重要日子尚有一個月的傍晚，當我正讀著姊姊寄來的一封有趣長信時。（那天早上我只是大略讀過，知道沒有什麼壞消息，後來一直無暇安靜地看信，留到那時才看。）「格雷小姐，快把那封又蠢又無聊的信拿開，聽我說！我保證我的話絕對比信上的話還要有趣得多。」

她在我腳下的一張小凳子坐下來，而我強抑住一聲惱火的嘆息，開始把信摺疊收起。

「妳應該告訴妳家裡那些好心的人，以後別寫這麼長的信來煩妳了，」她說：「尤其最重要的是，囑咐他們要使用正式信箋，不要用這種粗俗的大信紙。看看我媽媽寫信給她朋友時用的那種迷人的淑女式小信箋。」

「我家裡那些好心的人，」我回答：「很清楚地知道他們信寫得越長我越高興。要是他們當中有誰用那種迷人的淑女式小信箋寄信給我，才讓人難過呢。莫瑞小姐，我想妳自己未免也太淑女了，還說別人用大信紙寫信是『粗俗』！」

「好啦，我這麼說只是跟妳開個玩笑而已，現在我要說說舞會的事了。我跟妳說，妳的假期非得推遲到舞會結束之後不可。」

「為什麼呢？——我又不參加舞會。」

「是不會，不過妳可以欣賞舞會開始之前各個房間的布置，聽聽音樂，最重要的是，看我穿上亮麗的新衣服。我肯定會魅力四射，妳可要準備好成為我的崇拜者啦，總之妳一定得留下來才行。」

「我確實盼望瞧瞧妳的美麗裝扮，不過以後還有的是舞會和宴會，我少不了機會看到妳同樣迷人的嬌姿。我不能推遲回家的日子這麼久，否則我的家人會很失望的。」

「噢，不用擔心妳的家人！告訴他們，我們不讓妳走。」

「可是說實話，我本人也會很失望的。我渴望見到他們，正如他們渴望見到我一樣——也許比他們更想呢。」

「算了吧，不過是短短幾天的時間而已。」

「我算了一下，大約有兩個星期呢。而且，我無法忍受不能在家過聖誕節，再加上我姊姊就要結婚了。」

「是嗎——什麼時候？」

「下個月才結婚。不過我想回去幫她準備，在她出嫁之前，盡可能和她多待幾天。」

「妳怎麼不早告訴我？」

「我也是看了這封信才知道的，剛才妳還說它又蠢又無聊，不讓我看。」
「她要跟誰結婚呢？」
「和理查森先生，他是我家附近一個教區的牧師。」
「他很有錢嗎？」
「不，只能說還算寬裕。」
「他英俊嗎？」
「不，只能說還算順眼。」
「年輕嗎？」
「不，只能說不算太老。」
「噢，天啊！多麼不幸的人呀！他們的房子怎麼樣？」
「一座小而幽靜的牧師住宅，有爬滿常春藤的門廊，一座老式花園，還有——」
「啊，別說啦！再說我都要難過了，她怎麼能忍受得了？」
「我想她不但忍受得了，還覺得非常幸福呢。妳沒有問我理查森先生是否善良、聰明、親切。如果是這些問題，我的答案是『是的』——至少瑪麗認爲如此，我希望她將來不會發現自己想錯了。」
「但是……可憐的人呀！她怎麼能想像自己要生活在那麼一個地方，和那麼一個討厭的老頭子綁在一起，根本毫無改變的希望？」
「他不老，只不過三十六、七歲而已，我姊姊也已經二十八歲了，而且她沒有打扮的樣子，看起來像是五十歲的人了。」

「噢！這樣倒還好……還滿相配的。話說回來，他們是不是稱呼他為『敬愛的牧師』？」

「我不知道。要是大家都這麼稱呼他，我相信他配得上這個稱號。」

「天啊，多麼可怕啊！那她會穿上白色的圍裙，做些派和布丁嗎？」

「我不知道她會不會穿白色圍裙，不過我敢說，她有時候會做派和布丁的。但這並不是什麼苦差事，她以前也做過。」

「那她會不會披上素色圍巾，戴上大草帽，拿著宗教宣傳的小冊子和肉骨湯，送給她丈夫教區裡的窮人呢？」

「這個我不清楚。不過我敢說，她一定會以我們的母親為榜樣，盡力讓教區裡的窮人在身心兩方面都得到安慰的。」

譯註：

①原文debut，是法文首次步入社交界的意思。

Chapter 9

# 第九章　舞會

「現在，格雷小姐，」莫瑞小姐喊道，我才一踏進教室，脫掉外套，剛結束四週的假期回來。「現在——把門關上，快坐下來，讓我告訴妳舞會上所有的事。」

「不要，該死，不要說了！」瑪蒂達叫道：「閉上嘴，行不行？讓我說我那匹新馬——有多漂亮啊，格雷小姐！一匹純種母馬——」

「別吵了，瑪蒂達，先讓我說說我的事情。」

「不行，不行，羅莎莉，妳一說就該死的沒完沒了。她得先聽我說——她不聽，我也要她聽！」

「我很難過聽到妳這麼說話，瑪蒂達小姐，妳還是沒有改掉那可怕的說話習慣。」

「唉，我也沒有辦法呀。那麼，只要從現在起，妳肯讓羅莎莉閉上她那張討厭的嘴，聽我說話，我就不再說一句髒話。」

羅莎莉出聲抗議，我想自己快被她們倆扯成碎片了。不過瑪蒂達小姐的嗓門較大，姊姊終究還是輸了，只得讓妹妹先說。所以我只得聽她叨叨絮絮地述說她那匹美麗的母馬，如何配種及血統，牠奔跑的步伐、神態等等，還有她自己過人的騎術和勇氣；最後的結論是，她認爲自己能在「眨眼間的工夫」越過五根門檻，所以爸爸說下次帶獵狗出去打獵時，要帶她一起去，媽媽已經爲她訂製了一套鮮紅色的獵裝。

「噢，瑪蒂達！妳在瞎說個什麼啊！」她姊姊喊道。

「怎麼，」她回答道，臉上毫無愧色，「只要我去試，一定能越過五根門檻的。只要我提出要求，爸爸準會答應帶我去打獵，媽媽會幫我訂一套獵裝的。」

「算了，現在快走吧，」莫瑞小姐回答：「再說，親愛的瑪蒂達，請妳盡量試著讓自己稍微有點淑女的樣子。格雷小姐，我希望妳要叮囑她，不要用那些可怕的字眼兒了。她竟然叫她的馬爲『母馬』，這眞是無法想像的難聽字眼！而且她還用那麼可怕的說法形容那匹馬……她準是從馬夫那兒學來的。她說話時，我差點兒沒暈過去。」

「我是從爸爸，還有他那些有趣的朋友那兒學來的，妳這頭蠢驢！」這位年輕小姐說著，一面威風凜凜地要玩那根她從不離手的鞭子。「我看馬的本領，不輸他們當中最厲害的人哩。」

「得了，現在快走吧，妳這嚇人的姑娘！要是再這麼說下去，我眞的要暈過去了。現在，格雷小姐，仔細聽我說吧，我要告訴妳關於舞會的事了。我知道，妳一定迫不及待想知道。噢，那是場多棒的舞會呀！妳一輩子也不會看到、聽到、讀到或夢到那樣的舞會！所有的裝飾、娛樂、晚餐、音樂，都無法言喻！還有那些賓客！來了兩位貴族、三位從男爵①、五位有頭銜的夫人，還有無數的夫人、紳士。當然，那些夫人對我來說根本就不重要，只是看到她們有多醜陋、舉止有多笨拙，能逗樂我而已。媽媽跟我說，她們當中最出色的美人，也讓我給比下去啦。說起我，格雷小姐，眞可惜妳沒看到我！我那時眞迷人——妳說是吧，瑪蒂達？」

「還可以吧。」

「才不是呢，我確實很迷人——至少媽媽是這麼說的，布朗和威廉森也這麼說。布朗說每位紳士只要在看見我的那一瞬間，就會情不自禁地立刻愛上我，所以我可以表現得稍微傲慢些。我知道妳會把我看成一個嚇人、自負又輕浮的女孩，不過妳要知道，我並不是把這一切都歸功於我本身的魅力；部分要歸功於美髮師的手藝，部分則要歸功於我那身精緻又迷人的衣裳——妳明天一定得看看——粉紅緞子上襯著白紗——製作得如此甜美！還有鑲著美麗大珍珠的項鍊和手鐲！」

「我相信妳一定非常迷人。但是，這就讓妳這麼高興了嗎？」

「噢，不！不光只是這個。我還受到許多人的愛慕呢，那一個晚上，我征服了許多人——妳聽了準會嚇一跳的——」

「可是這對妳有什麼好處呢？」

「有什麼好處！有哪個女人會提出這樣的問題！」

「唔，我覺得只要征服一個人就夠了。除非雙方彼此傾心，否則連征服一個也嫌多。」

「噢，妳知道，我從不同意妳對這些事情的看法。現在，先等等，我要跟妳說說幾個主要的愛慕者——他們那天晚上和那之後，都一直希望引人注目，因爲我後來又參加了兩回宴會。遺憾的是，G勛爵和F勛爵都已經結婚了，否則我會賞臉對他們特別親切的。既然他們結婚了，我當然就不會這樣啦，儘管F勛爵——很討厭他夫人的那位，顯然已經對我動心了。他邀請我跟他跳了兩次舞，他的舞姿眞是優美，順便說一句，我的舞姿也是。妳絕對無法想像我跳得有多好，好得連我自己都吃驚呢。我那位勛爵還挺會恭維人的，事實上是有點兒太過火了，所以我想應該表現得倨傲、拒人於千里之外的樣子才得體，不過我很高興看到他那位討厭、令人無法忍受的夫人生氣苦惱的樣子——」

「噢，莫瑞小姐！妳不是當眞想說這種事能帶給妳眞正的快樂吧！無論她有多麼令人難以忍受或者——」

「好啦，我知道這樣很不對，但是妳不用擔心！以後我一定學好的——現在就先別跟我說教，這就對啦。我還沒跟妳說到一半呢。讓我想想。喔！我要告訴妳眞正愛慕我的人有多少：湯瑪斯．阿斯比爵士是一個；休．梅爾塞罕爵士和布羅德萊．威爾森爵士都是老頭子，只適合當爸爸媽媽的朋友。湯瑪斯爵士年輕、有錢又開朗，但是個醜八怪，不過媽媽說，只要跟他相處幾個月，就不會介意他的長相了。還有亨利．梅爾塞罕，他是休．梅爾塞罕爵士的小兒子，長得不錯，是個好玩的伴兒，不過他是小兒子，也只適合跟他玩玩而已；然後還有一位年輕的葛林先生，倒是滿富有的，可惜家世沒什麼，而且是個大笨蛋，根本就是個鄉巴佬；再來就是我們的好教區長海特菲先生了，他理應把自己看成是個謙卑的愛慕者，不過我看他恐怕是把謙卑忘在他那基督教美德的儲藏室裡了。」

「海特菲先生也參加舞會了嗎？」

「是啊，是來了。妳是不是覺得他這個人太好了，不應該來嗎？」

「我原本還以爲他會認爲舞會不符合他的身分。」

「一點也不。他沒有跳舞，沒有褻瀆那身教士服，不過他要管得住自己可不大容易呀。可憐的人！看樣子他眞的很想請求握我的手，哪怕就那麼一次。喔，順便一提——來了一位新副牧師哩，那個邋遢的老傢伙布萊先生總算得到他盼望已久的俸祿離開了。」

「那麼，那個新來的副牧師是個什麼樣的人呢？」

「啊，眞是個討厭的傢伙！他的名字是韋斯頓。我用兩個詞就足以形容他了：一個毫無生氣、醜陋、愚蠢的呆子。啊，我用了三個，不過不打緊，他就是如此。」

接著她又回到舞會的話題，又跟我說了她在那次舞會以及隨後幾次社交場合上的風采，特別是關於湯瑪斯・阿斯比爵士和梅爾塞罕先生、葛林先生、海特菲先生，以及他們在她心目中留下的深刻印象。

「對了，他們四位當中，妳最喜歡哪一個？」我強壓住第三或第四個呵欠問道。

「我全都討厭！」她回答，說的時候帶著輕鬆的嘲謔神氣，搖晃著她那頭閃亮的鬈髮。

「我猜，妳這話的意思是，我全都喜歡——但妳最喜歡哪一個？」

「不是，我眞的全都不喜歡。不過呢，哈利・梅爾塞罕是當中最英俊也最風趣的，海特菲先生最聰明，湯瑪斯爵士最缺德，葛林先生最愚蠢。要是我注定得嫁給他們當中的一個，那麼我想，我要嫁的是湯瑪斯・阿斯比爵士。」

「怎麼會，妳不是說他最缺德，不喜歡他嗎？」

「喔，我不在意他缺德，這樣反而更好。至於說我不喜歡他——要是我非得結婚不可，我倒不怎麼反對成爲阿斯比莊園的女主人。但是，要是我能永遠年輕，我寧願永遠都不嫁人。我要盡情享受生活，贏得所有人的歡心，直到我快要被人叫爲老處女時；然後，爲了要避免這惡名，我征服過一萬次、傷透所有人的心，就只拯救其中的一個，嫁給一位出身高貴、家財萬貫、能縱容我的丈夫，另一方面，還有五十位小姐拚命地想得到我那位丈夫。」

「好吧，既然妳抱持著這樣的觀點，那就用全力保持單身，永遠也不要結婚，即使是想逃避『老處女』這討厭稱號也不要結婚。」

譯註：

①從男爵（Baronet），英國榮譽制度中位階最低的爵位，世襲但非貴族，位在最低階貴族男爵（Baron）之下、騎士（Knight）之上。此爵位由英王於一六一一年設立，當時國家需要民間贊助金錢以養活軍隊士兵，故設定條件開放有錢人以金錢換取爵位。英國榮譽制度，是封建制度下的階級劃分，可分為貴族和平民。除了王室，其下的貴族共可分五等（公／侯／伯／子／男爵，均為世襲，一般統稱為勛爵Lord），貴族之下、平民之上另有兩等爵位：從男爵（世襲）與騎士（非世襲），均非貴族，僅為榮譽封號，一般都以爵士（Sir）敬稱之。

# Chapter 10
# 第十章 教堂

「喏，格雷小姐，妳覺得新來的副牧師怎麼樣？」我們開始上課後的那個星期天，剛做完禮拜從教堂回家的路上，莫瑞小姐這麼問道。

「我也不知道，」我回答：「我都還沒聽過他佈道呢。」

「嗯，不過妳已經看到他了，不是嗎？」

「是的，然而單只是匆匆一瞥，我無法就這樣評斷出這個人的性格。」

「但是他長得很醜吧？」

「他並沒有讓我覺得特別醜，我不討厭他那種類型的臉。不過關於他，我特別注意到的是他唸經文的方式，我認爲他唸得很好，至少，比海特菲先生好得多。他唸日課①時，似乎竭力要讓每一節經文發揮最大的影響力，連最不專心的聽眾都會不由自主地注意傾聽，最愚昧的人都可以理解。他唸祈禱文時，似乎不是在唸那一段文字，而是從他本人心中發出熱烈且眞誠的禱告。」

「噢，是的，他也就只擅長這個而已。他能毫不鬆懈地做完整個禮拜，但是除此之外，他就一點別的心思也沒有了。」

「妳怎麼知道呢？」

「噢！我清楚得很。我最會看這類的事情啦。妳沒看見他是怎麼走出教堂的嗎？直直地往前走，不看左也不看右，很明顯的，他就只想著走出教堂這件事，其他什麼事情也不想，也許只想著要回家吃他的晚餐。他那顆愚蠢至極的腦袋裡，不可能還有別的心思。」

「我想，妳只是希望他能對鄉紳的座位看一眼而已吧。」我這麼說，嘲笑她對副牧師的強烈敵意。

「什麼！他要是膽敢這麼做的話，我早就發火啦！」她回答，驕傲地把頭往後一仰。接著，她想了一會兒又說：「算了，算了！我想他是很稱職，不過我很慶幸自己不用靠他來娛樂我，就這樣。對了，妳有沒有看到海特菲先生有多急著出來讓我跟他點個頭，趕得及送我們上車？」

「是啊。」我如此回答，心裡又加了一句：「而且，我認為他這麼迫不及待地從佈道壇上飛奔出來和鄉紳握手，扶著太太、小姐上車，實在有失他牧師的身分。另外，不僅如此，我對他還有點抱怨，因為他差點把我關在車門外。」事實上，我當時雖然就站在他面前，就在馬車踏板旁等著上車，但他只顧著攙扶太太、小姐們上車，便要關上車門，直到車裡有人喊道，家庭教師還沒上車呢，他才停下。而他卻連一句道歉都沒說就走了，嘴裡向他們道著早安，讓男僕接手料理之後的工作。

請注意，海特菲先生從沒跟我說過話，就連常去那座教堂的休爵士或梅爾塞罕夫人，或是哈利先生、梅爾塞罕小姐，葛林先生或他的姊妹及其他夫人或紳士也都沒有過。事實上，應該說所有到霍頓山莊拜訪的客人都不曾跟我說過話。

那天下午，莫瑞小姐又要求為自己和妹妹備車。她說天氣太冷，無法在花園裡玩，不如上教堂去，再者，她認為哈利・梅爾塞罕也會在那裡。「因為，」她說，同時朝著自己投射在草地上的優美身影狡黠地笑著，「最近這幾個星期天，他一直是上教堂做禮拜的模範，別人還會當他是一位虔誠的基督徒呢。妳可以跟我們一起去，格雷小姐，我想讓妳看看他。自他從國外回來後，長進了不少哩，是妳無法想像的！此外，妳又有機會見到那位漂亮的韋斯頓先生，聽他的佈道啦。」

我眞的聽到他佈道了，而且很高興從他的訓誨中，聽到福音的眞理，還有他那眞誠、簡樸的態度，以及清晰有力的語調。我長久以來聽慣了前副牧師乏味無趣的講道，以及教區長那毫無教育內涵的誇張言談，現在聽到這樣的佈道，眞是令人精神爲之一振。

說起海特菲先生，他會翩翩走過長廊，或者像一陣風似地旋掃而過，讓他那華貴的絲質長袍飄在身後，擦過長椅沙沙作響，而他走上佈道壇時，就像征服者登上勝利戰車似的。接著，他以一副故作姿態的優雅模樣坐進天鵝絨墊子裡，默蹲一會兒，嘴裡喃喃唸著一段短禱，咕噥一段主禱文後，便站起身來，脫下鮮亮的淡紫色手套，好讓在場會眾看他手上閃閃發亮的戒指，再輕輕用手指理一理他那頭漂亮的鬈髮，揮一揮麻紗手帕，背誦一小段經文，或僅僅是一句《聖經》的話，當作宣講的開場白，最後才發表一篇正式的佈道文。若以一篇文章來看，可以說是篇好文章，但對我來講它卻太過愚蠢和矯揉造作，無法讓我喜歡；它的起承轉合分配得很不錯，論據也相當嚴謹、合乎邏輯，然而有時候卻很難讓人靜靜地從頭聽到尾，常讓人流露出不贊同或不耐煩的神情。

他最愛宣講的主題是教堂紀律、典禮及儀式、使徒統序，尊敬和服從神職人員的責任、不信奉國教的可怕罪行、絕對要遵守各種神聖的宗教儀式，凡是企圖對宗教問題進行立異思考，或以自己對《聖經》的釋義來當作行爲準則者，均屬放肆不悖，應當受到譴責。而且有時候（爲取悅他那些富有的教民），他宣講窮人必須尊敬和服從富人的道理，並在宣講中穿插引用神父著作中的話語，來支援他的箴言和告誡：他對神父的認識，似乎遠遠超過他對聖徒和福音作者的認識，他認爲神父的重要性似乎不亞於後者。他偶爾也會給我們一些不同的宣講，有人還會認爲他講得好呢，但是，他的宣講陰沉又恐怖，他把上帝說成一位可怕的監工，而非一位慈愛的父親。儘管如此，我聽的時候總還是願意這樣想，這個人所說的都是眞誠的，他一定會改變看法，虔誠篤信宗教；儘管他表情冷峻，但還是有虔誠的一面。不過這些幻想總是在我一走出教堂時，聽到他和梅爾塞罕家、葛林家或莫瑞一家人談話時那興高采烈的聲音，就煙消雲散了；或是因爲他滿意自己的宣道而笑，認爲自己講了些可以讓那些壞蛋好好反省的話。恐怕，當他想到底下這樣的情景時還會欣喜若狂：老貝蒂・荷姆斯會丟掉菸斗，改掉三十多年來每天的壞習慣；喬治・希金斯會嚇得不敢在安息日晚間散步了；湯瑪斯・傑克森的良心會受到痛苦的譴責，他原本認爲自己死後必能快樂地復活，如今他對此已經完全沒有把握了。

因此，我不得不認爲海特菲先生是這樣一個人，「把沉重的擔子捆起來，放在人的肩上，但自己連一根指頭也不肯動」②，又或是像這種「你們爲什麼因著你們的傳統，違犯神的誡命，將人的吩咐當作教訓教導人」③。我很欣慰地看到新來的副牧師在這些特殊問題上，跟教區長截然不同。

「那麼，格雷小姐，妳現在對他有什麼看法呢？」當我們做完禮拜在馬車裡坐好之後，莫瑞小姐這麼問道。

「還是跟之前一樣，沒有什麼不好的感覺。」我回答。

「沒有什麼不好的感覺！」她驚訝地重複我的話，「這是什麼意思？」

「我的意思是，我對他的看法並不比之前更差。」

「沒有更差！我可不這麼想，眞的——剛好相反！是變得更好了嗎？」

「噢，是的，的確更好。」我回答道，因爲到現在我才發現，她所指的不是韋斯頓先生，而是哈利・梅爾塞罕。這位年輕紳士剛才熱情地走上前來和兩位年輕小姐聊天，要是她們的母親在場，我想他不會這麼做的。他還殷勤地扶她們上車。不過他倒沒有像海特菲先生那樣把我關在門外，當然，他也沒有主動表示要幫我（即使他表示了，我也會拒絕的）。車門關上之前，他一直站在那裡陪著她們談笑，接著才向小姐們舉帽致意回家去，儘管我根本沒怎麼注意到他。我的同伴卻是很注意觀察他，且在回家的路上，她們倆一直談論著他，不但談論他的樣貌、談吐、舉止，就連他臉上的每個細節、衣服上的每樣小飾物都沒放過。

「妳可不能獨佔他喲，羅莎莉。」談話結束時，瑪蒂達小姐這麼說：「我很喜歡他，我知道他可以成爲我一個有趣的好伴兒。」

「好吧，他可喜歡妳呢，瑪蒂達。」她姊姊回答道，語氣中裝出毫不在乎的樣子。

「我敢肯定，」她妹妹又說：「他就像傾慕妳一樣地喜歡我。格雷小姐，妳說是不是？」

「我不知道，我可不瞭解他的感情。」

「哎呀，不過他確實是這樣。」

「我親愛的瑪蒂達！妳要是不改掉妳那粗魯愚蠢的舉止，沒有人會喜歡妳的。」

「哼，亂說一通！哈利・梅爾塞罕就喜歡我這些行爲，爸爸的那些朋友也一樣。」

「好啊，那妳可以去迷倒那些老傢伙和他們的小兒子，但是，我敢肯定，不會有什麼其他人會喜歡妳的。」

「我不在乎，我才不要像妳和媽媽那樣死要錢。我的丈夫只要能養得起幾匹好馬和幾頭好狗，我就心滿意足啦，至於其他的，都去見鬼吧！」

「那麼，如果妳用這種嚇人的方式說話，我可以肯定沒有哪位眞正的紳士敢接近妳。說眞的，格雷小姐，妳不能任由她這麼下去了。」

「我沒辦法阻止她呀，莫瑞小姐。」

「那妳就大錯特錯了，瑪蒂達，妳以爲哈利・梅爾塞罕會喜歡妳。我跟妳保證，他根本沒有這個意思。」

瑪蒂達正準備生氣地回嘴，不過幸好，我們剛好到家了。僕人過來打開車門，放下踏板讓我們下車，打斷了這對姊妹的爭吵。

譯註：

①日課指早禱及晚禱時的《聖經》選讀。

②《新約聖經・馬太福音》第二十三章第四節。

③《新約聖經・馬太福音》第十五章第三節和第九節。

# 第十一章 村民

Chapter 11

由於現在我只有一名固定的學生，儘管她製造麻煩、讓我操心過度，跟我教三、四名普通學生差不多，而且她姊姊也還繼續上德語和繪畫課；不過自從我當上家庭教師以來，現在我自己可自由支配的時間變得充裕多了，可以把一部分時間用來寫信給親人，一部分用來看書、學習、練習樂器、唱歌等。我還利用閒暇時間到附近田野散步，如果我的學生願意的話，我有時也會跟她們一起去，否則就我自己一個人去。

通常，要是兩位莫瑞小姐手邊沒什麼有趣的事情可做，常會去拜訪她們父親莊園裡的一些貧窮村民，接受他們的恭維和致意，或聽聽那些愛饒舌的老婦人講些老故事或最近的八卦消息當作消遣。或者因爲她們的出現及偶爾拿些小禮物讓村民們高興，享受些單純的滿足感，那些對她們來講，可說是輕而易舉的事，但是村民們卻懷著感激之心來接受。有時候，她們姊妹或其中之一會要我陪她們一起去；有時候，我必須自己去幫她們實踐那些她們只想許諾卻不願實際去執行的事情，像是送一些小東西，或是唸點書給生病或身體很不舒服的人聽。我因此結識了一些村民，偶爾也會自己跑去探望他們。

一般說來我比較喜歡獨自前去，而不願意和她們一道同行，因爲她們（主要是因爲她們在教育上的問題）對待社會地位較低下人家的態度，總教我看了十分不悅。她們從來不會爲村民們設身處地的想一想，因此完全無法考慮到村民的感覺，把他們視爲與自己全然不同的人。她們會看著窮人吃飯，不禮貌地批評他們的食物和吃相，嘲笑村民一些單純的想法和粗俗的表達方式，害得有些村民都不敢開口說話了。且竟當著一些嚴肅的老人面前，說他們是老蠢蛋和愚蠢老呆頭鵝，雖然她們這麼說並無故意傷人的意思。但我看得出來，這些人常因她們的行爲而受到傷害或生氣，只因爲害怕這些「高貴的小姐」，才沒讓他們表露出任何怨意。她們卻從未覺察到這些。她們認爲，既然這些村民既窮又無知，一定也又笨又粗野，由於她們的身分遠比村民高貴，只要肯放下架子跟他們說話，賞幾枚先令和半克朗①硬幣或幾件衣服給對方，就有權拿他們打趣；而且人們一定視她們爲聖潔的天使，屈尊俯就來照顧村民的日常需要，使他們蓬蓽生輝。

我曾多次採用不同的方法，試著在不觸犯她們的自尊心下（因爲很容易就會冒犯到她們，一旦觸怒了便不易在短時間內加以撫慰），改掉這些錯誤的想法，所收到的效果卻微乎極微。我不知道她們兩個人當中，哪一位比較糟糕。瑪蒂達是較爲粗魯、愛喧鬧，但由於羅莎莉年齡不小了，且外表看起來也像個有教養的小姐，本該期待她可以表現得更好一些，可是她那種隨便、不體貼的樣子，還像個十二歲毫不懂事的孩子，眞教人生氣。

二月底一個晴朗的日子，我在公園裡散步，享受著三項難得的好事物：獨處、書本和宜人的天氣。每天這個時候，瑪蒂達小姐總是出去騎馬，莫瑞小姐這天則跟媽媽坐馬車出外探訪親友了。我突然想到應該放棄這些自私的享受，這時公園上空掛著耀眼的藍色天篷，西風吹得尙未長出新葉的枝椏簌簌作響，坑窪上殘留的那層雪在陽光的照耀下迅速消融，體態優美的小鹿正啃食著早春冒出的青翠濕草——應該離開這裡，到一位名叫南絲·布朗的村民家裡去。她是位寡婦，兒子整天都得在田裡工作，她本人則因眼睛發炎而有一段時間無法看書，這對她來講實在傷心，因爲她是位性情嚴肅、喜歡思考的女人。

當我過去看她時，發現她跟平日一樣獨自待在她那狹小、窒悶、陰暗、充滿悶霧的小屋裡，不過她已盡可能把自己的家收拾得很整潔了。她坐在小爐邊（爐子裡只有一些紅色的炭火和幾根木頭），正忙著編織，腳邊放著用麻布袋做成的墊子，那是她那溫馴貓朋友的坐墊。那隻貓正坐在墊子上，長長的尾巴繞過來將那絲絨般的貓爪圍住一半，半閉著眼睛，睡眼惺忪地盯著那低斜的圍爐。

「妳好啊，南絲，今天好嗎？」

「喔，還可以啊，小姐。眼睛雖然沒有什麼改善，不過心情比以前輕鬆多了。」她回答道，滿臉笑容的站起身來歡迎我。我很高興看到她的笑容，南絲前一陣子爲了宗教問題而有些抑鬱。我恭喜她心情好轉了，她也表示這眞是上帝的保佑，且說她是「眞心地感恩」，還說：「要是上帝願意讓我重見光明，可以讓我再次閱讀《聖經》，那麼我就會像女王一樣快樂了。」

「我也希望如此啊，南絲，」我回答：「在妳恢復視力之前，只要我能擠出一點時間，便會時常過來唸《聖經》給妳聽的。」

這可憐的女人表示感激和喜悅後，站起身幫我搬一把椅子。不過我已經把椅子搬過來，她便去撥弄爐火，又在那個快燒盡的爐火上添幾根木柴，接著從架上取下她那本翻舊了的《聖經》，仔細地擦拭後才遞給我。我問她想要我爲她唸哪一段，她回答說：「嗯，格雷小姐，要是妳唸哪一段都可以的話，我想聽聽《約翰一書》，那章『神就是愛，住在愛裡的，就是住在神裡面，神也住在他裡面。』②」

我翻找了一會兒，在第四章裡覓著這些章句。當我唸到第七節時，她打斷我，客氣地跟我說抱歉，希望我能唸慢些，她才能完全聽清楚並記住每一個字，又希望我能原諒她，因爲她只是個「頭腦簡單的人」。

「即使是最聰明的人，」我回答：「每一節也都要好好想上一個鐘頭，才會比較好。與其聽不明白，我倒寧願唸慢些。」

因此，我盡可能慢慢地唸完這一個章節，同時還盡可能唸得深刻些，聽的人自始至終都非常專心，當我唸完時，她眞誠地向我道謝。我靜靜地坐了約半分鐘，好讓她有時間再思考一下內容。而出乎意料的是，她打破沉默問我喜不喜歡韋斯頓先生。

「我說不上來，」我回答道，她突然提出這個問題，讓我有點驚訝。「我覺得他的佈道非常好。」

「嗯，確實如此，他的談話也很好。」

「是嗎？」

「是的。也許，妳還沒和他見過面，沒跟他說過什麼話？」

「沒有，除了我府上的那些小姐之外，我沒有見過什麼可以談話的朋友。」

「啊，她們都是些好心的小姐，不過她們沒有辦法說得跟他一樣好。」

「這麼說，他常來看妳囉，南絲？」

「是啊，小姐，我很感激他呢。他比布萊牧師和教區長還常來看望我們這些窮人，因爲他非常好，所以他來的時候我們都十分歡迎。對教區長就不敢說太多了，大家都很怕他。他們說，教區長一進哪家，就淨在挑人家的錯，只要他一邁過門檻，就開始對人大聲訓斥，但或許他認爲挑大家的錯，才是在盡他的職責。而且他還常常跑來責備某個人不去教堂，或者去了教堂沒有跟大家一起下跪或起立，或是去衛理公會教堂之類的事。不過他倒沒有挑出我太多毛病來。韋斯頓先生來之前，教區長曾到過我這兒一、兩次，我當時心裡相當苦惱，身體又很差，就壯大膽子讓人去請他，他倒是很快就來了。我當時眞的非常痛苦，格雷小姐——感謝上帝，現在都過去了——可是當我拿起《聖經》時，還是無法得到安慰。妳剛才唸的那章引起了我不該有的痛苦，『不愛弟兄的，未曾認識神』③之語讓我覺得很恐懼，因爲我覺得自己並沒有盡本分去愛上帝或凡人，儘管我試過，卻做不到。前面那一章裡有句話這樣說：『凡從神生的，就不犯罪。』④另一句又說：『所以愛乃是律法的完滿。』⑤還有很多其他地方哩，要是我全跟妳說，妳會覺得厭煩的。不過這些話看起來好像全都在責備我，指出我沒有走在正道上。我不知道怎樣才能走上正道，因此讓比爾去請海特菲先生哪天能好心過來看我。他過來的時候，我跟他傾吐了自己的所有煩惱。」

「那他怎麼說呢，南絲？」

「哎呀，小姐，他就像是在嘲笑我。我也可能想錯了……但是他嘴裡像在噓聲，我也看到他臉上露出微笑。然後他說：『喔，眞是胡扯！我的好太太，妳和衛理公會教徒混在一起啦。』我告訴他我從來不曾接近過衛理公會的教徒，他接著說：『唉，妳得上教堂來，妳能聽聽對《聖經》的正確講解，而不要自己坐在家裡拿著《聖經》苦思。』

我又告訴他，我身體好的時候都會上教堂的，只是今年冬天眞的很冷，我無法走那麼遠……再說我的風濕病犯得厲害，另外還有不少其他的毛病。

誰知他卻說：『妳拄著拐杖上教堂，對妳的風濕病會有好處的。只有多運動，風濕病才會好。既然妳能在家裡走動，爲什麼不能上教堂呢？』他接下去說：『事實是這樣嘛，妳越來越貪圖安逸，想逃避責任，要找個藉口還不容易。』

妳知道的，格雷小姐，事實並非如此。不過我還是跟他說，我會試試看的。『但是拜託您，先生，』

我說：『就算我眞的上教堂了，又能改變得了什麼呢？我想把自己的罪過統統都消除掉，覺得大家不再因爲記得我的罪過而不喜歡我，感受上帝的愛流入我心中。要是我在家裡讀《聖經》、做禱告都不管用，那麼我上教堂又有什麼益處呢？』

『教堂，』他說：『是上帝要人們去朝拜祂的地方。盡可能多上教堂是妳的責任。如果妳想得到安慰，妳必須在履行責任的過程中尋找祂。』——他還說了很多別的話，但是我記不住他那些好聽話。不過，說來說去就是這個意思：我得盡量多上教堂，並帶著我的祈禱書，跟著教堂執事一起讀完所有捐款人的名單，跟著起立、跪下、坐好，總之就是要做完所有應該做的事，只要有機會就去領聖餐，聽他和布萊先生佈道，那麼一切就會好轉的；要是我能持續盡自己的職責，最終就能得到上帝的賜福。

『但若妳這麼做還是得不到慰藉……』他說：『那就沒辦法了。』

『那麼，先生，』我說：『您會不會把我當成被上帝拋棄的人呢？』

『哎呀，』他說：『如果妳想盡辦法要進天堂，但不得其門而入，那麼妳應該是那些想擠進窄門卻不得入的人之一。』⑥

接著他問我那天早上有沒有看到妳府上的那幾位小姐，我跟他說我看到兩位小姐走在莫斯路上，他馬上一腳把我那隻可憐的貓從這一頭踹到那一頭去，然後就快樂得像隻雲雀般趕去追她們了。但是我卻很傷心。他最後那句話像鉛塊般沉到我心底，直到我再也無法忍受爲止。

無論如何，我還是按他的忠告去做了，我想他說的都是出於一番好意，儘管他的樣子確實有點古怪。不過妳知道的，小姐，他既有錢又年輕，這樣的人是無法眞正瞭解我這種窮老太太的想法。即便如此，我還是盡一切努力按照他囑咐我的話去做……哎呀，我只顧著嘮嘮叨叨，妳恐怕厭煩了吧，小姐。」

「噢，不，南絲！繼續說下去，全都告訴我。」

「嗯，我的風濕病好些了，我不知道這跟上教堂有沒有關係，不過，就在那個凍人的星期天，我的眼睛給凍壞了。眼睛發炎並不是一下子全爆發出來，而是一點一點的慢慢發炎，但是我並不想跟妳談眼睛的事，我想說說心裡的苦惱。說實話，格雷小姐，我並不認為上教堂可以減輕我的煩惱……至少我感受不到什麼呀，我喜歡自己的身體好點，不過那對我的心靈卻於事無補。我一再聆聽牧師的話，祈禱書看了一遍又一遍，但是這一切都像鳴鑼和響鈸⑦：那些佈道詞我理解不了，祈禱書也只讓我看到自己有多邪惡，我讀著這些好話，卻無法讓自己變得更好，且總覺得那是份沉重苦差事，而不像所有好基督徒那樣，覺得那是上帝的恩典和自己的殊榮。對我來說，這一切似乎都顯得荒涼而黑暗。還有那可怕的話：『許多人想盡辦法要進天堂，但不得其門而入。』這句話就像是把我的靈魂榨乾了。

但是有個星期天，當海特菲先生在分發聖餐時，我注意到他說了這樣的話：『你們當中若有人無法在心靈上得到平靜，需要進一步的安慰或建議，可以過來找我，或者向其他賢明又博學的上帝使者說說自己的憂傷！』因此，隔一週的星期天早晨，做禮拜之前，我走進教堂的法衣室，想再跟教區長說說心裡的事。我很少這麼做，可我想，我的心靈現在正處於危險關頭，不該還在乎這些小事情。

但是他卻說沒有時間聽我講了。

『說眞的，』他說：『該說的我之前都講啦，已經沒有什麼好說的了。當然，妳還是要繼續領聖餐、盡妳的本分，要是這麼做還是毫無幫助，那就沒有其他辦法了。所以不要再來煩我了。』

我就這麼走了。但是我聽到韋斯頓先生的聲音——韋斯頓先生也在那裡，小姐——那是他在霍頓的第一個星期天，妳知道的，他身穿一件白色法衣，正在法衣室裡幫教區長穿長袍。」

「是的，南絲。」

「我聽見他在問海特菲先生我是誰，教區長回說：『喔，她是個看似虔誠的老蠢蛋。』聽到這話時，我難過極了，格雷小姐，不過我還是回到自己的座位上，盡量像以前一樣盡本分，做禮拜，可是我再也無法靜下心來。我甚至還領了聖餐，但總覺得好像是在吞下自己的詛咒。所以當我回家時，心裡痛苦不已。

隔天，在我還沒整理完房間前——小姐，事實上是因爲我根本沒有心思打掃、收拾房間或擦洗鍋盤，我當時正坐在一堆亂七八糟的東西當中……噢，除了韋斯頓先生，還會是誰！我趕緊掃地、整理，暗想他可能會跟海特菲先生那樣，大聲責罵我懶散的生活。但是我錯了，他只是以一種平靜又有禮貌的方式跟我道聲早安。我擦好一把椅子請他坐下，稍微撥一下爐子裡的炭火。不過我還沒有忘記教區長的話，所以我說：『先生，您不需要這麼麻煩地老遠跑過來看我這個看似虔誠的老蠢蛋。』

這話好像讓他嚇了一跳。他想說教區長這那句話只是開玩笑來安慰我，當他看到我不相信時便說：『好吧，南絲，對於那件事，妳不必想太多。海特菲先生那時只是心情不太好，妳知道，我們都不是完美的——就算是摩西⑧，也曾從他嘴裡說過魯莽的話。不過現在請妳坐一下，如果妳有空的話，可以把妳心裡所有的疑惑和恐懼都告訴我，我會試著幫妳消除這些苦惱。』

因此我在他身邊坐下來。妳知道的，格雷小姐，他對我來講還完全是個陌生人，而且我想應該比海特菲先生還要年輕些；我以前覺得他長得沒有海特菲先生那麼好看，乍看之下，脾氣好像有點倔強。但是，他是那麼地有修養——那隻可憐的貓跳到他膝上時，他只是輕輕的撫摸牠，還露出一點微笑。因此我想這是個好現象。有一次那隻貓跳到教區長身上，他一臉厭惡並生氣地把牠打到地上去，可憐的貓。可是格雷小姐，妳知道，我們無法指望貓能像個基督徒似的懂禮貌吧。」

「不行，當然沒辦法，南絲。那麼，韋斯頓先生說了什麼呢？」

「他沒說什麼，只是非常專心且耐心地聽我說話，一點也沒有嘲笑的表情，所以我就繼續說下去，把心裡的話全都告訴他，就像我跟妳說的這樣——甚至更多。

『嗯，』他說：『海特菲先生告訴妳說要盡自己的本分，這十分正確。不過，他建議妳上教堂參加禮拜等等，他的意思並不是說這是基督徒的全部本分，他只是想讓妳在那裡學到並要去做其他事情，讓妳從這些事情中得到快樂，而不是變成苦差事和負擔。要是妳請他解釋那些讓妳苦惱不已的話，我想他會告訴妳說，如果有許多人想擠進窄門卻不得入，那是他們本身的罪孽阻礙了他們：就像一個揹著大包袱的人想通過一扇窄門，卻發現行不通，除非他放下包袱。但是，南絲，我敢說，要是妳知道應該怎麼做的話，沒有什麼罪過是妳不想痛快地丟棄的，不是嗎？』

『的確如此，先生，您說的都是實話。』我回答。

『嗯，』他說：『妳知道第一條誡命是最重要的，而第二條也是，這兩條誡命貫穿所有的律法與先知⑨，對吧？妳說自己無法愛上帝，但是在我看來，只要妳好好想一想祂是誰以及祂是什麼，妳就會不由自主地愛上祂了。祂是妳的父親，也是妳最好的朋友，所有的祝福、良善、愉悅或有益的東西都來自祂；而所有的罪惡、所有妳有理由憎惡、逃避、恐懼的東西都來自撒旦——上帝的敵人，也是我們的敵人。因爲如此，上帝才會顯靈，祂會摧毀撒旦所爲的一切。只要一句話，上帝是愛；只要我們心中多一份愛，我們就更靠近祂一點，就心懷更多祂的精神。』

『是啊，先生，』我說：『如果我能隨時記住這些事情，我想我應該會十分崇愛上帝的。但是如果我的鄰居惹我生氣、故意跟我作對，有些人還很邪惡，我如何能愛他們呢？』

『看來是很難做到的事，』他說：『要愛那些身上有這麼多罪惡的鄰居，他們的過錯還常常會喚醒那存留在我們心中的惡念；不過請記得這點：上主創造他們，而且也愛他們。愛其父必及其子。上帝是那麼地愛我們，讓祂摯愛的兒子爲我們而死，我們也應該彼此相愛。但是，假使妳無法愛那些不關心妳的人，至少可以試著以妳希望別人怎麼對妳來對待他們：努力同情別人的失敗，原諒別人的過錯，並且盡一切所能好好對待身邊的人。要是這成爲習慣，南絲，這些努力本身就會讓妳對他們產生某種程度的愛，更不用說妳的善行會引起他們的好感了，即使在他們身上看不到其他良善的東西。如果我們愛上帝並希望能服侍上帝，就讓我們試著去喜歡祂，做祂要做的事，爲祂的榮耀而做——那就是人類的良善——爲祂的王國早日降臨而做吧——那就是全世界的和平與快樂！儘管我們似乎沒有什麼力量，只要一生都盡力做善事，那麼我們當中最卑賤的人也能爲此盡最大努力。讓我們住在愛裡面，那麼祂也將住在我們裡面，我們也在祂裡面[10]。我們分享越多的幸福，收到的也就越多，即使在這人世間也是一樣；當生命終了進天堂時，我們所得到的獎賞也越多。』——小姐，我想這應該是韋斯頓先生所說的話，因爲我已經將這些話反覆想過很多遍了。接著他拿起《聖經》，爲我誦讀其中的一些章節，並且還清清楚楚地解釋那些章節，讓我猶如見到白晝般明亮，就像是一道新的光照入我的靈魂，心裡感到一片清明。我眞希望可憐的比爾和所有人都能在這裡，聽到他講的一切，和我感受到同樣的快樂。

他離開之後，有一位名叫漢娜・羅傑斯的鄰居跑來要我幫她洗衣服。我跟她說現在不行，我還沒準備好中午要吃的馬鈴薯，早餐的餐具也還沒洗。她一聽就兇巴巴地罵我日子過得太懶散了。剛開始我有點生氣，但仍心平氣和地對她說，新來的牧師剛來看我了，我會趕緊把工作做完再過去幫她。她的語氣馬上軟化下來，我心裡對她的感覺也很溫暖，不一會兒就又成為好朋友了。眞是如此啊，格雷小姐，『回答柔和，使怒消退；言語暴戾，激起怒氣。』⑪不但跟妳說話的人是這樣，就連妳自己也如此。」

「對極了，南絲，但願我們隨時都能記住這些話。」

「是啊，但願如此！」

「韋斯頓先生之後還有來看過妳嗎？」

「有啊，來過好多次呢，因爲我的眼睛眞的很差，他會坐下來唸半個小時的《聖經》給我聽。不過妳也知道的，小姐，他還要去看其他人，有一堆別的事情要忙——上帝保佑他！接下來的那個星期天，他做了那麼好的佈道！他所引的經文是『凡勞苦擔重擔的，可以到我這裡來，我必使你們得安息』⑫，以及那下面的兩句經文。當時妳回家探親了，人不在這邊，小姐。他的佈道讓我聽了有多麼喜樂啊！我現在的確好快樂，感謝主！現在的我很高興能爲鄰居做些小事。做些一個半瞎老人所能做的事情，而且大家也很親切的回應我，就像他所說的那樣。妳看，小姐，我現在正在織一雙襪子，要給湯瑪斯·傑克森的。他是個脾氣古怪的老傢伙，我曾和他吵過好多次，有時還吵得很厲害，於是我想，沒什麼比幫他織一雙保暖的襪子更好了。當我開始織襪子之後，便覺得自己慢慢喜歡起那個可憐的老頭子。結果剛好就跟韋斯頓先生所說的一樣。」

「眞是太好了，南絲，我眞高興能看到妳這麼快樂，如此睿智！不過，我現在得走了，府裡的人該在找我了。」我說道，便跟她道別離開了，而且還答應她，只要有時間就會再過來看她，我覺得自己就跟她一樣快活。

另外一次，我去幫一位肺病末期的可憐雇農誦讀《聖經》。兩位小姐曾去看過他，並勉爲其難地答應要來唸《聖經》給他聽；但是，這件事太麻煩了，所以她們央求我去幫她們執行。我去了，且是相當樂意去做的。在那裡，我再次高興地聽到大家對韋斯頓先生的誇獎，病人和他的妻子都稱讚不已。病人跟我說新牧師常來看他，帶給他極大的安慰和幫助，而且和海特菲先生比較起來，簡直就是另一種人。新牧師來霍頓之前，海特菲先生偶爾也會過來，過來時總堅持要把小屋的門打開，讓新鮮空氣進來，只顧著自己，根本不考慮病人可能會受不了吹涼風；而且翻開祈禱書，匆匆忙忙地爲病人唸了一段祈禱詞，便又匆忙離開了；要不然就是留下來嚴加指責那位痛苦不堪的妻子，或是說了一些即使不算無情也是非常輕率的話，徒增這對夫婦的痛苦而已。

「而韋斯頓先生呢，」那個人說：「則以完全不同的方式跟我一塊兒祈禱，十分親切地跟我說話，也常在我身邊爲我讀《聖經》，就像我的親兄弟一樣坐著。」

「眞是如此！」他的妻子喊道，「大概三個星期前，他看到可憐的傑姆凍得直發抖，又看到我們家的火那麼小，就問我們家的煤炭是不是快用完了。我告訴他說的確如此，而且我們沒有辦法再去買煤炭了。妳知道的，小姐，我並沒有要他幫我們的意思，可是隔天他便送來一袋煤炭。自那之後，我們就有一爐旺火了，這眞是在這嚴冬裡的一大福音啊。這正是他的作風呀，格雷小姐，當他到窮人家裡探望病人時，總會注意那家最需要什麼；只要他覺得那家人實在買不起，他什麼也不會說，直接帶來他們最需要的東西。並不是每一個收入像他那麼少的人都願意這麼做，畢竟妳知道的，小姐，他現在就光靠教區長給他的那一點薪水過活，大家都說他的薪水少得很。」

我記得那時，我心裡有種得意的心情，想起我們那位可愛的莫瑞小姐常把他說成是個粗人，就只因爲他戴的是銀錶，衣服也不像海特菲先生那麼亮眼醒目。

當我回莊園時，心裡異常快樂，並感謝上帝我現在總算有些事情可想了；對我目前這種單調乏味、孤獨又沉悶的生活來說，眞是一大解脫。因爲我當時眞的很孤單。在月復一月、年復一年的歲月裡，除了回家的短暫休假之外，從未遇見一位可以讓我敞開心扉、暢所欲言的人，並可能從中獲得同情或理解。一個也沒有，除非是和可憐的南絲・布朗在一起，才能短暫地享受到人與人之間的眞正交往，從和她的談話，能讓自己覺得比以前更好、更聰明或更快樂；或者，也是我目前看到，可以因爲我的話而有所受益的人。我僅有的同伴是些不怎麼可愛的孩子和無知又冥頑不靈的姑娘，他們胡鬧的行爲令人精疲力竭，使得不受干擾的獨處，成爲我最迫切盼望且珍惜不已的解脫。但是，單只是和這幾個人來往，無論以其直接影響或可能造成的後果而言，都不是件好事，從來得不到任何來自外界的新觀念或激勵人心的思想；而我心中燃起的想法，常常是轉瞬間就悲慘地破滅，或注定要枯萎、凋謝，因爲我根本就看不到光明。

大家都知道，常在一起的人，對於彼此的心靈和行爲都有很大的影響。那些總在你眼前發生的行爲舉止、總在你耳邊說起的話語，會自然地牽引著我們，即使有違我們原本的意願，但或許還是會慢慢地、逐漸地、不知不覺地，出現跟他們一樣的行爲與言語。我也說不準這無法抗拒的同化作用其力量究竟有多大。若是一個文明人注定要在頑劣的野蠻人中生活十幾年，除非他有力量讓他們變得更好，否則我很懷疑，最後連他自己會不會也變成一個野蠻人了。我無法讓我的小夥伴們變得更好，所以我很擔心她們會讓我變得更糟——會慢慢讓我的感情、習慣、能力降到她們的水準，卻無法從她們身上得到那種輕鬆又愉快的活力。

我已經感覺到自己的智力似乎逐漸下降，逐漸失去活力，靈魂也慢慢在萎靡中；而我擔心自己的道德觀會逐漸喪失，分辨不清是非，身上的所有優點，最終也將在這種生活方式的不利影響下沉淪了。塵世的濃霧集結在我身邊，遮蔽了我內心的天國，這時韋斯頓先生終於出現在我面前，就像是在我生命的地平線上升起的晨星，將我從無限的黑暗恐懼中拯救出來。我很高興自己現在終於有了一個在我之上，而不是在我之下的人可看齊了。我欣慰地看到，這個世界並不只有布朗菲爾德、莫瑞及阿斯比之類的人，而人類的超然美德也不只是想像中的一場夢而已。當我們聽說某人的一些優點並對他懷有好感時，很容易快樂地想像他更多的優點……總之，無須多說我所有的想法。不過，現在星期天成爲我特別高興的日子（我適應了坐在車廂角落的問題），因爲我喜歡聽到他的聲音，也喜歡看到他；儘管我知道以他的外貌來講，並不英俊，甚至連不錯都稱不上，但是當然，他並不醜。

他的體形很小、非常小，算是中上身材而已，臉型太方了，不能說漂亮，不過在我看來，倒顯出他性格的剛毅面；一頭深棕色的頭髮，不像海特菲先生那麼精心地梳理成捲，只是隨便梳向一邊，露出寬闊的白額頭；他的眉毛，我想有點太過濃厚，不過在深色眉毛下，那雙晶亮眼睛卻顯示出非凡的力量，棕色的眼睛不算大，有些凹陷，但卻非常明亮，充滿神情；就連他的嘴巴也顯出自我個性，讓人看出他是個有堅定信念和習於沉思的人；而他微笑時——我還無法評論，因爲當時我從未見過他微笑。的確，從他的外貌看來，我覺得他好像不是個會放鬆的人，也不像是村民們所描述的那樣。我早就對他有了自己的看法，儘管莫瑞小姐痛罵他，我仍篤信他是個很理性、意志堅定、對宗教熱情的人，懂得爲人著想且謹慎。而當我發現，除了這些優點之外，還應該再加上眞正的仁慈及溫柔、和善——或許因爲我之前沒想到這點，因此當我發現時，是更加驚喜了。

譯註：

①克朗（crown），為英國貨幣，價值五先令，半克朗即為二先令六便士。一先令（shilling）等於十二便士（pence），一英鎊（pound）等於二十先令。

②《新約聖經・約翰一書》第四章第十六節。

③《新約聖經・約翰一書》第四章第八節。

④《新約聖經・約翰一書》第三章第九節。

⑤《新約聖經・羅馬書》第十三章第十節。

⑥《新約聖經・馬太福音》第七章第十三至十四節：「你們要進窄門：因為引到毀壞的，那門寬，那路闊，進去的人也多；引到生命的，那門窄，那路狹，找著的人也少。」

⑦《新約聖經・哥林多前書》第十三章第一節：「我若能說人和天使的方言，卻沒有愛，我就成了鳴的鑼、響的鈸。」

⑧摩西（Moses），西元前十三世紀的猶太人先知，寫下《摩西五經》，以《十誡》教導以色列子民，教導他們崇敬真神。

⑨參看《新約聖經・馬太福音》第二十二章第三十七至四十節：「耶穌對他說，你要盡心、盡性、盡意愛主你的神，這是誡命中的第一，且是最大的，其次也相仿，就是要愛人如己，這兩條誡命是律法和先知一切道理的總綱。」

⑩《新約聖經・約翰一書》第四章第十五至十六節。

⑪《舊約聖經・箴言》第十五章第一節。

⑫《新約聖經・馬太福音》第十一章第二十八節。

Chapter 12

# 第十二章 那陣雨

我再度拜訪南絲・布朗是在三月的第二個星期。儘管白天時我有很多自由時間，但罕有一個小時是完全屬於我自己的，因爲所有事情全憑瑪蒂達小姐和她姊姊高興，故無什麼秩序和規律可言。無論我想做什麼，只要不是爲她們或她們有興趣的事而忙的話，我都得束好腰帶、穿好鞋子、手持教鞭隨時待命。若是我沒辦法隨傳隨到，就會被視爲是非常嚴重且不可原諒的過錯，不只我的學生和她們的母親，就連僕人都會氣喘吁吁的跑來叫我說：「妳要馬上到教室去，老師——小姐們正等著呢！」怎麼會這樣，竟然是學生在等著她們的家庭教師！

但是這一次我確信自己會有一、兩個小時的自由時間，因爲瑪蒂達正準備騎馬出去跑溜一陣子，羅莎莉正在打扮著要去參加阿斯比夫人的晚宴。所以我抓緊機會再次拜訪那位寡婦家，發現她正在那裡爲貓兒擔心，那隻貓已經一整天不見蹤影了。我把所有想得到關於貓天性愛遊蕩的事情都拿出來安慰她。

「我是擔心那些獵場看守人，」她說：「那是我所想得到的。要是小少爺在家的話，我怕他們會放狗出去追牠、咬牠，可憐的小東西，很多窮人家的貓都被這麼追咬過，可我現在擔心的倒不是這個。」

南絲的眼睛好一點了，不過仍不到痊癒的地步。她已在幫兒子縫製做禮拜穿的襯衣，她跟我說，儘管那可憐的孩子眞的非常需要這件衣服，但是她每次只能做一點點而已，進度太慢。於是我提議等我爲她唸完《聖經》後，就幫她做一點，因爲那天下午我有充裕時間，天黑以前不必急著趕回去。她心懷感激地接受這個提議。「這麼一來，妳也還能再陪陪我，小姐，」她說：「沒有貓的陪伴，我覺得好孤單呢。」

誰知當我唸完《聖經》，手指繞著一圈紙，把南絲那只大銅頂針戴上，才剛做完一半的縫口，韋斯頓先生就進來了，手抱著南絲的那隻貓。現在我看到他會微笑，而且還笑得很開心。

「我爲妳做了件好事啊，南絲。」他開始說話了，看到我時，輕輕點頭向我致意。在海特菲或其他紳士眼裡，我一向都是不存在的。「我救了妳的貓，」他接著說：「我從莫瑞先生的獵場看守人手裡，應該說是從他的槍口下救了這隻貓的。」

「上帝保佑您，先生！」老太太感激地喊道，她接過那隻貓時，高興得快哭出來了。

「好好照顧牠，」他說：「別讓牠靠近養兔場，因爲獵場看守人信誓旦旦地說，要是再看到牠，保證會開槍射死牠。今天若非我及時制止，他本就要這麼做。下起雨了，格雷小姐，」他又說道，靜靜地看著我放下手邊的活兒，正準備離開。「別受我打攪，我待一、兩分鐘就走。」

「你們倆都留下來等這陣雨過後再走，」南絲說道，她撥了撥火，在爐前又放了一把椅子。「大家都有位子坐，是吧！」

「我坐在這兒可以看得清楚些，南絲，謝謝妳。」我回答道，一邊把活兒拿到窗邊去做，她十分體貼人，就隨我坐在那裡，同時拿出刷子刷掉韋斯頓先生衣服上的貓毛，小心地擦乾他帽子上的雨水，並給貓餵食，一直忙著說話。她一下感謝她那位牧師朋友所做的事，一會兒又說不知道貓怎麼找到養兔場，接著又因爲貓差點遭受的後果而傷心難過。他靜靜地聽著，露出自然的微笑，最後終於接受南絲的苦苦挽留坐了下來，但仍說無法久留。

「我還得去另一個地方，而且我曉得，」他看了一眼桌上的《聖經》，「已經有人爲妳唸過了。」

「是的，先生。格雷小姐剛已好心地爲我唸了一個章節，現在還幫我家的比爾縫製襯衣中呢，不過我擔心她在那兒會著涼。請到火爐這裡好嗎，格雷小姐？」

「不用了，謝謝妳，南絲，我在這兒滿暖和的。等這陣雨一停，我就得走了。」

「噢，小姐！妳不是說方便待到天黑的嗎！」那位老太太大聲叫道，同時韋斯頓先生則拿起帽子。

「別走啊，先生，」她喊道：「請別現在就走，雨還下得這麼大！」

「但我總覺得自己一來，就把妳的客人從爐火邊擠走了。」

「不，沒有的事，韋斯頓先生。」我回答，心想我這不實的回答應該不至於有什麼傷害吧。

「沒有的事，當然沒有！」南絲喊道，「您瞧，這裡還很空。」

「格雷小姐，」他半開玩笑地說道，似乎覺得不管他有沒有特別想說的話，也應該換個話題了，「我希望妳見到妳府上的那位老先生時，能代我跟他致歉。我救南絲的貓時，他人也在場，不過對我的做法並不以爲然。我跟他說，我認爲他能捨棄所有的兔子，但南絲她不能沒有這隻貓，豈料我這大膽的說法卻讓他對我回了些不怎麼紳士的話。我擔心自己剛才反駁他的那些話，有點兒太過激烈了。」

「噢，天啊！先生，我希望您不是因爲我的貓和那位老先生吵架啦！他無法忍受別人反駁他的話——您沒有吧？」

「喔！沒關係的，南絲，我並不在乎這個，眞的。我沒說什麼不禮貌的話，而且我想莫瑞先生老早習慣發脾氣時使用一些激烈的言詞。」

「是的，先生，眞是令人遺憾！」

「現在我眞的得走了，我還得到一英里外的一個人家去，妳總不想讓我摸黑回家吧。再說，現在雨也快停了……那麼晚安了，南絲。晚安，格雷小姐。」

「晚安，韋斯頓先生，可是請別指望我能替你跟莫瑞先生道歉，因爲我很少跟他見面談話的。」

「是嗎？那就沒辦法啦。」他無奈地嘆了口氣回答道，接著又很特別地微笑說：「但是別放在心上，我想那位老先生或許更需要向我道歉。」接著他便走出小屋了。

我繼續手邊的針線活兒，直到看不清楚爲止，然後跟南絲道別。她一再地跟我道謝，我則回應她說，我只是做了她也會爲我做的事，要是我們情況交換的話，她也會做同樣事情幫助我的。我匆匆趕回霍頓山莊，當我走進教室時，看到茶几上亂七八糟的，茶盤溢滿茶水，而瑪蒂達小姐正在大發脾氣。

「格雷小姐，妳上那兒去啦？我半個小時前就吃茶點啦，還得自己準備茶點，自個兒喝茶！妳應該早點回來的！」

「我去探望南絲．布朗了，我還以爲妳出去騎馬還沒回來呢。」

「我倒想知道怎麼在雨中騎馬？該死的大雨眞是討厭極了。我剛開始全力衝刺，就開始下起雨來，而我回家一看，竟然沒有人準備茶點！妳是知道的，我沒辦法把茶煮成我愛喝的那樣。」

「我沒想到會下雨。」我回答。說實在的，我還眞壓根兒沒想到那陣雨會讓她趕回家來。

「沒想到，當然囉，妳自己躲在屋子裡，哪裡會想到別人！」

聽著她粗莽無禮的斥責，我的心反倒異常地平靜，甚至有點高興，因爲我意識到，我對南絲．布朗的幫助，比我對她的傷害還多。或許仍有一些其他事情也是讓我心情愉快的原因，即使那杯涼掉又泡得不好的茶，還有那張杯盤狼藉的茶桌，和瑪蒂達小姐那張（我幾乎脫口而出！）一點也不惹人喜愛的臉，亦別有風味。不過她很快就跑到馬廄去了，留下我一個人安安靜靜地享用茶點。

Chapter 13

# 第十三章 櫻草花

現在莫瑞小姐總要上教堂兩次，因爲她喜歡受到別人的愛慕，絕不願放過任何這樣的機會。她對這一點確信無疑，無論她出現在什麼場合，不管哈利・梅爾塞罕或葛林先生在不在場，絕對有哪個人傾倒於她的魅力下，當然，教區長基於他的職責總會在場的。通常，要是天氣不錯的話，她會和妹妹一起步行回家；瑪蒂達是因爲不喜歡被關在馬車裡，而莫瑞小姐則是不喜歡坐在隱密的馬車中，她要享受著從教堂到葛林先生家園門口的一英里路裡有人陪著。在那附近有一條通往霍頓山莊的私人道路，剛好是另一個方向，另一條大路則直達距離更遠的休・梅爾塞罕爵士府邸。因此，總有人可以陪她同行，不是哈利・梅爾塞罕（有時候還有梅爾塞罕小姐），就是葛林先生（連同他的一個或兩個姊妹），以及他府上的幾位男性賓客。

我是和兩位小姐一起步行呢，還是和她們的父母坐車回去，全憑她們高興。她們若是想「帶我」一起走，我就跟她們走；假如因爲某種只有她們自己最清楚的原因而不要我一起走，那我就搭車。雖然我偏好步行，但又不想妨礙到任何一個不喜歡我在場的人，因此我在這些場合都比較被動安靜。我從來不問他們千變萬化的決定背後到底是何原因。這確實是最好的辦法——因爲聽話和順從就是一個家庭女教師所應扮演的角色，學生這邊只要顧著自己開心就好。

但是開始步行回家時，前半段的路程對我來說通常極爲難受。因爲我之前提過的那些小姐和紳士們，根本不把我放在眼裡，走在他們旁邊並不是件愉快的事，要聽著他們談話或假裝是他們的一份子，偏偏他們老越過或繞過我彼此談話。每當他們說話時，就算眼睛不小心落到我身上，也總像是看到一片空白——根本沒看見我的樣子，或者刻意想表現出這種樣子。然而，要我走在他們後面，顯得自己好像低人一等，這對我來講同樣是非常不愉快的事。老實說，我認爲自己並不比他們當中最優秀的人差，也希望他們知道我是這樣想的，不要以爲我只把自己當成僕人，知道自己的身分才不敢和他們這些小姐、紳士並行——只是因爲她的小姐身邊沒有更好的同伴才要我陪著，甚至還屈尊和她談話。我有點羞於承認這一點，故和他們在一起時，老讓自己受了不少罪，因爲我想盡量表現出毫不在意、完全無視於他們存在的樣子，裝得好像全神貫注於自己的心思或在欣賞周圍的景物。或者，若是我遠遠落在後面，那是因爲我被某些鳥或昆蟲、樹或花朵吸引住，仔細觀賞它們後，才獨自邁著悠閒的步伐走在後面，直到我的兩位學生和她們的同伴道別，轉身走上那條安靜的私人道路。

我特別清楚記得有這麼一次。那是三月底一個天氣晴朗的下午，葛林先生和他的兩位姊妹先讓自家馬車空著回去，以便和他們家的客人，某上尉和某中尉（軍中的一對紈褲子弟）一起步行回家，享受明媚陽光和清新空氣，而莫瑞家的兩位小姐當然想加入他們。像這樣的同伴就很合羅莎莉的心意，但我卻不喜歡，所以很快就落在後面，邊走邊沿著綠草坡和正在萌芽的樹籬採集植物和昆蟲標本，和走在前頭的那一群人已經隔了一段距離。我能聽到快樂的雲雀唱著甜蜜的歌曲，心中的怨憤遂逐漸在柔和清新的空氣跟和煦的陽光中消散了，但是對童年的思念感傷、對消逝歡樂的懷念以及對美好未來的嚮往卻接踵而來。

當我眺望著覆蓋小草與綠樹的斜坡，環繞著一道道正在萌芽的樹籬，不禁渴望能看到一些熟悉的花朵，讓我想起綿延蓊鬱林木和青翠坡谷的家鄉，當然，我眼前所看到的只是一片黃褐沼地。毫無疑問的，要是眞讓我看到這些花朵，肯定會讓眼淚潰堤而出，不過這是我現在最大的享受。我終於發現高處一棵老橡樹盤根錯節間有三朵可愛的櫻草花，楚楚動人地從隱身處窺視大地，當我一看到時，就開始湧出淚水。但是花朵生長的地方太高了，我想摘下一兩朵，好帶回去遙憶家鄉，卻怎麼也摘不到。若是要摘的話，我得爬上坡，而我正要往上爬時，忽然聽到身後有腳步聲，只好停下來。剛要轉身離開時，突然聽到有人對我說話：「請讓我來幫妳，格雷小姐。」這莊重而又低沉的聲音是我所熟悉的。不一會兒，那幾朵花就摘下來送到我手上了。來的人當然是韋斯頓先生——還有誰會費心地爲我做這麼多呢？

我向他道謝。我的語氣到底是熱切還是冷淡，我自己也說不清，不過有一點可以肯定的是，我心中的感激之情，應連一半也沒有表達出來。或許，我會有這種感激之情根本就是很傻的事，可是當時對我來講，那就等於他具有優良品性的最佳證明，我雖無法回報他仁慈的舉動，但永遠也不會忘記。我當時有多麼不習慣受到別人的禮貌對待，根本沒想到霍頓山莊五十英里內會有人如此對我。這還是無法讓我在他面前表現自在，於是我趕緊以之前沒有過的速度去追我的學生，如果韋斯頓先生當時瞭解我的意思，不說一句話任我離去，或許一小時後我就會懊悔不已。幸好他並沒有這麼做。我加快速度的步伐，對他來講只是平常的速度而已。

「妳的兩位小姐讓妳落單啦？」他說。

「是的，她們有更適合的同伴。」

「那妳就不需要急著去追她們了。」

我放慢腳步，但很快就後悔這麼做了。我的同伴不說話，而我根本不知道該說什麼，我想他恐怕也和我一樣尷尬。還好，他終於打破沉默，以他獨有的平靜語調問我是不是喜歡花朵。

「是的，很喜歡，」我回答：「特別是野花。」

「我也喜歡野花，」他說：「除了一、兩種花我特別喜歡之外，其他的就沒什麼特殊感情。妳最喜歡哪些花呢？」

「櫻草花、藍鈴花和石楠花。」

「不喜歡紫羅蘭嗎？」

「不特別喜歡，就如你所說的，我對這種花並沒什麼特殊的感情，因爲我老家附近的山坡和山谷見不著漂亮的紫羅蘭。」

「妳有個家，心裡一定覺得格外踏實，格雷小姐。」我的同伴停頓了一下又說：「無論妳離家有多遠，或者即使很少回家，家總歸是妳的一個依靠。」

「家實在是太重要了，我想，要是沒有家的話，我是活不下去的。」我回答時流露出太多情感，讓我馬上就後悔了，因爲我想這話聽起來肯定很可笑。

「喔，可以的，妳可以的，」他說道，帶著沉思的微笑，「我們和生活的關係，要比妳或任何人所想的更加牢固，無論我們如何用力拉扯也扯不斷的。有人可能不幸地沒有家，但是即便如此，還是可以活得下去的，並不像妳所想像的那麼不幸。人心就像印度橡膠，一點氣就能把它吹起來，而且吹再多氣也破不了，一點點風吹草動就足以擾動，少一點點東西就足以摧毀它。我們身軀的外部構造，與身俱來一種活力，足以讓它抵抗外界的摧殘；每受一次衝擊，都會讓它變得更堅強，可以面對下一次的打擊，就像長年勞動會讓手上的皮更堅韌，讓肌肉更強健而不萎縮。因此，一天辛苦的勞動可能會磨破一位淑女的手，但對飽經風霜的農夫來講，根本不痛不癢。

這是經驗之談，部分是我自己的經驗。我曾經也抱持著跟妳一樣的想法：至少我因爲有家和親人的愛，才能讓人願意忍受生命的種種，如果這一切都被剝奪了，生活就變成難以忍受的磨難。不過現在我沒有家了——除非妳把我在霍頓租的兩間房間冠上這麼一個莊重的名字——我最後、也是最親近的家人，離開我尚不到一年的時間。即使是處於這樣的情況，我還是活得好好的，並沒有完全失去希望和安慰。但是我得承認，每當我傍晚時走進一家簡陋的小屋，看到所有家人都平靜地圍坐爐火邊，仍不由然羨慕那種家庭的溫馨。」

「你還不知道未來有什麼幸福在等著你呢，」我說：「現在才剛開始你的生命旅程。」

「我最大的幸福，」他回答：「早就擁有了，那就是要成爲一個有用之人的力量和決心。」

我們現在走到一道柵門前，那裡有一條通往農舍的道路，我想那應該是韋斯頓先生想讓自己「有用」的地方，因爲到了這裡他便跟我道別，走過那扇柵門，以他一貫堅定又輕快的腳步走上步道，讓我在回程中獨自默默思索他所說的話。我先前聽說過他來這裡之前幾個月才剛失去母親。那麼，她就是他最後也最親近的人囉。他沒有了家，我心裡眞爲他感到難過，幾乎要流下同情的眼淚。我想，這應該就是他額頭上總籠罩著鬱思的原因，也讓好心的莫瑞小姐和她的同伴給了他一個孤僻抑鬱的封號。「然而，」我想，「要是我像他那樣失去所有的親人，一定比他更悲慘。他過著積極的生活，眼前有一片廣闊的天地讓他努力奉獻。他可以結交很多朋友，如果他願意的話，也可以建立新家庭，而且毫無疑問的，總有一天他會很樂意這麼做的。願上帝賜給他一位可以配得上他的伴侶，沉浸美滿幸福，一個他應得的家庭！那該會是多麼美好啊——」至於我想什麼，根本無關緊要。

我開始寫這本書時，就不打算隱瞞任何事，喜歡這本書的人得以細讀一個同類的心靈。不過我們都會有些只想讓天使知道的心事，不想讓世人知道，即使是其中最好、最仁慈的人。

那時，葛林一家已經回家了，而兩位莫瑞小姐也已走上私人道路，我趕緊加快腳步跟上她們。我發現兩位姑娘正在熱烈爭論那兩位年輕軍官的個別優點，羅莎莉一看見我就馬上打斷剛說到一半的話，狡詰地笑喊道：「喔喔，格雷小姐！妳總算來了，是吧？難怪妳要跟我們離這麼遠，難怪每次我罵韋斯頓先生時，妳總是熱心地護著他。啊哈！我現在總算瞭解了！」

「別鬧了，莫瑞小姐，別傻了，」我說道，想報以善意的微笑，「妳知道這種胡話，根本不會讓我放在心上的。」

但她還是繼續說這些令人難以忍受的話，連她妹妹也編了些瞎話在旁邊煽風點火，讓我覺得有必要把話說清楚。

「淨是些胡話！」我大聲說：「韋斯頓先生剛好走在我附近，我們遇到時交談了幾句，這有什麼好大驚小怪的？我向妳們保證，我以前從來沒有和他說過話，就只有那麼一次。」

「在哪兒？在哪兒？什麼時候？」她們倆迫不及待地追問道。

「在南絲的小屋裡。」

「啊哈！妳在那兒和他碰過面，對吧？」羅莎莉喊道，並大聲地笑著。「啊，聽著，瑪蒂達，我總算知道她為何那麼愛往南絲・布朗家跑了！八成是去那裡和韋斯頓先生調情的。」

「眞是的，根本就是胡說八道！我只在那裡見過他一次，我已經跟妳說過了，再說，我哪兒知道他會去呢？」

儘管對她們愚蠢的玩笑和毫無根據的污衊十分惱火，但我很快便回復平靜。她們笑夠了之後，又開始談論那位上尉和中尉，而在她們在爭論及評頭論足的同時，我的怒氣也跟著消退，不一會兒就忘了生氣的原因，因爲我已經轉到較愉快的思緒中了。我們就這麼走過花園、進入大廳，當我上樓回房時，心裡只想著一件事，內心充滿著一個熱切的希望。我走進房間，關上門，馬上跪下來熱烈但不衝動地禱告著：「願祢的旨意成就。」①我試著說清楚願望，可「天父，祢是無所不能的，但願這即是祢的旨意。」接下來的禱告詞肯定是這些話。這個願望——這個禱告，儘管會受人嘲笑，「但是，天父，祢一定不會鄙視它的！」我說完之後，覺得事實眞是如此。覺得自己把另一個人的幸福當作自己的幸福般祈禱，不，另外那個人的幸福才是我心中的主要願望。或許我是在欺騙自己，但是這個想法給了我信心去祈求，給我了力量去希望這一切不會只是空想。

那三朵櫻草花，我把兩朵放在房裡的玻璃杯中，直到花兒完全枯萎，才被女僕拿出去丟掉；第三朵花則壓在我的《聖經》裡，至今還留著，並決定要永遠保存著。

譯註：

①《新約聖經・馬太福音》第二十六章第四十二節的禱詞：「我父啊，這杯若不能離開我，必要我喝，就願祢的旨意成就。」

Chapter 14

# 第十四章　教區長

隔天就跟前一天一樣是個好天氣。一用完早餐，瑪蒂達囫圇吞棗地胡亂上了些毫無收穫的課程，接著又用力地在鋼琴上敲了一個小時，彷彿是在對我和鋼琴亂發脾氣，這都是因爲她媽媽不准她休假的緣故。之後她就跑到她最愛的圍場、馬廄和狗窩去了。莫瑞小姐則帶著一本熱門小說，去享受一趟悠閒的散步，把我留在教室裡努力完成一幅她要我幫忙的水彩畫，而且還非要當天畫完不可。

我的腳邊躺著一隻毛茸茸的小獵犬。這隻狗是瑪蒂達小姐的，她卻很討厭這隻狗，想把牠賣掉，說牠被慣壞了。其實這是隻非常可人的狗，但她直說這條狗一點用也沒有，連牠主人都認不得。

事實是這樣的，剛買來時這只是一隻小狗，一開始她不准別人碰牠，只有她自己才行，可過沒多久，她就覺得要照顧小狗很麻煩，當我提出由我來照顧時，她高高興興地答應了。我細心地把牠從小養到大，這隻狗當然跟我要好。我本來很珍惜這樣的回報，覺得這遠遠超過我對牠的付出，豈料可憐的史耐普對我的感激之情，卻讓牠受到主人的謾罵與惡狠狠的拳打腳踢，現在牠的處境很危險，不是會被「宰掉」，就是被送到某個粗暴、鐵石心腸的新主人手上。但是我又能怎麼辦呢？我總不能殘忍地虐待牠，讓牠討厭我，偏偏牠的主人又不會加以善待來博得牠的好感。

當我坐在那裡，不停地揮動我的筆作畫時，莫瑞太太以優美的步伐急急忙忙地走進來。

「格雷小姐，」她開口說道：「天啊！這樣好的天氣，妳怎麼會坐在屋裡畫畫？（她以為我是自己喜歡才畫的）妳怎麼不戴上帽子和兩位小姐一起出去？」

「夫人，我想莫瑞小姐正在讀書，而瑪蒂達小姐正和她那幾隻狗一起玩呢。」

「要是妳能多想點辦法引起瑪蒂達小姐的興趣，我想她就不會被逼得跑出去跟那些狗呀、馬呀、馬夫為伍尋樂了；要是妳能再開朗些，和莫瑞小姐能更談得來，她就不會老是帶著書到外面散步了。不過，我可不想讓妳煩惱，」她又加了一句，我想她是看出我已被氣得雙頰發紅、手在顫抖。「請妳千萬別這麼敏感——再說我也沒責備妳的意思。妳知道羅莎莉上哪兒去啦，她怎這麼喜歡一個人待著？」

「她說有新書看時，喜歡自己一個人待著。」

「可是她為什麼就不能在庭園裡看呢？為什麼非得到田野、小路邊看？為什麼海特菲先生總是能找到她？她跟我說上星期他牽著馬一直陪著她在莫斯路上散步。我現在可以肯定，我從梳妝室窗戶看到一個男人匆匆忙忙地走過林子口，往她常去的田野跑過去，那個人準是他。我希望妳能過去看看她是不是在那兒，順便委婉地提醒她，像她這樣一位有身分、有美好前景的年輕小姐，不應該這麼到處閒逛，讓每一個想和她說話的人都有機會，就像沒人照管的窮人家姑娘——家裡沒有花園可以讓她散步，也沒有家人照顧；還要告訴她，她爸爸要是知道她用這麼親切的態度——恐怕她真是如此——對待海特菲先生的話，會很生氣的。喔！還有，要是妳，要是家庭教師能有母親的一半謹慎，像當母親的一半關心的話，我就不必這麼操心了。妳馬上就會瞭解自己應該要看好她，還要讓她喜歡跟妳在一起——算了，去吧，去吧！沒有時間浪費了。」她喊道，看到我已經放下畫具，站在門口等她說完話。

根據夫人的猜測，我在林園外不遠那處莫瑞小姐最愛去的地方找到她。不幸的是，她並非獨自一人，那位高偉穩重的海特菲先生正在她身邊陪著她慢慢散步。

我眼前有個難題。我有責任去打斷他們之間親密的談話，但是我該怎麼做呢？海特菲先生是不可能被我這樣一個無足輕重的人趕走的。要是我走到莫瑞小姐的另一側，出奇不意的介入，不去關注她的同伴，這是相當無禮的舉動，我可做不出來，再者我也沒有勇氣站在田野高處大聲喊說有人在找她。於是我決定採取折中的辦法，緩慢而堅定地走向他們，並打定主意，如果我的出現依然無法嚇走這位專愛向女性獻殷勤的男子，那我就走過去跟莫瑞小姐說她媽媽在找她。

她看起來的確是相當迷人，因爲她正沿著剛萌芽、枝葉向外伸長的七葉樹道走著，一隻手裡拿著一本闔起的書，另外一隻手則握著一枝優美的長春花，被她當作一件漂亮的玩具；她那濃密而閃發光的鬈髮從小帽子披落下來，輕輕地在微風中飄動，那因虛榮心而泛出紅暈的白皙面頰，那雙含笑的藍眼睛，一會兒狡黠地偷看一下那位愛慕她的男子，一會兒又往下注視著她的長春花。當她正在說那些既冒失又淘氣的話時，史耐普突然跑到我前面去打斷她的話，咬著她的外衣猛往後拽，海特菲先生舉起手杖往牠頭上啪地打一下，痛得牠哀叫著朝我跑回來，那痛苦的哀叫聲讓這位擔任聖職的紳士大樂。但是我想，他看我走得這麼近，才覺得還是先離開爲好，我俯身撫摸小獵犬，故意表現出我的同情來抗議他對小狗的虐待，我聽見他說：「我何時才能再見到妳呢，莫瑞小姐？」

「在教堂吧，我想，」她回答：「除非你爲了公務再到這裡來，剛好碰到我散步時經過。」

「要是我能知道精確的時間和地點，那麼我一定可以安排公務過來這裡的。」

「即使我願意，也沒辦法事先通知你，因爲我做事向來隨性，今天從不知道明天會做什麼。」

「那麼，現在把這個給我吧，給我點安慰。」他說道，半開玩笑、半認眞地伸手去拿那株長春花。

「不，說眞的，我不給。」

「給我吧！求妳了！要是妳不給的話，我就要成爲最不幸的人了。妳總不忍心不給我這麼容易賜與又這麼珍貴的禮物吧！」他熱情地央求著，似乎他的生命就靠這枝花了。

那時，我站在離他們只有幾呎遠的地方，正不耐煩地等著他離開。

「那麼好吧！你拿走吧。」羅莎莉說。

他興高采烈地接過禮物，還低聲說些讓她聽了臉紅的話。她頭往後一仰，但仍在笑著，顯示她的不悅完全是裝出來的。接著他殷勤地行個禮後才離開。

「妳有見過這樣的人嗎，格雷小姐？」她轉過身對我說：「我眞高興妳來了！我還以爲自己再也擺脫不了他呢。我眞怕爸爸看到他。」

「他和妳在一起很久了嗎？」

「不，不久。不過他很放肆，老是到處閒逛，假裝是爲了公務或教會的事必須來這一帶，其實只是爲了看可憐的我，只要一看到我，就馬上跑過來。」

「嗯，妳媽媽認爲，要是妳身邊沒有像我這樣謹愼、有監護責任的人陪著，免得外人打擾，便不應該走出家裡的林園。她看到海特菲先生急急忙忙地走過園林口，就馬上派我過來找妳，要我好好照顧妳，還要提醒妳——」

「噢，媽媽眞煩！好像我照顧不了自己似的。她之前就跟我嘮叨過海特菲先生的事，我跟她說要相信我的。即使是爲了世界上最惹人喜愛的人，我也絕不會忘記自己的身分和地位。我希望他明天就對我下跪，懇求我做他的妻子，那我就可以讓媽媽明白她誤會我了，竟以爲我會——噢，眞是太讓人生氣了！竟以爲我會傻到和他談戀愛！做這種事有多丟女人的尊嚴呀。愛！我痛恨這個字！套用在我們女性身上，我認爲這根本是一種侮辱。我可能會說自己喜歡哪位紳士，但絕不可能是可憐的海特菲先生這種人呀，一年就連七百英鎊的收入都不到呢。我喜歡和他談話，因爲他聰明又風趣——要是湯瑪斯・阿斯比爵士有他一半風趣就好了，再說，我總得找個人解解悶，可是除了他之外，沒有人會來這裡。而且我們出去參加社交活動時，要是湯瑪斯爵士在場，媽媽就不會讓我跟別人聊天；要是他不在場，媽媽就把我看得緊緊的，深怕有人會跑去製造謠言、誇大事實，讓他以爲我已經訂婚，或者以爲我快要訂婚了；或者，更有可能的是，怕他那討厭的老媽媽看到或聽到我的所作所爲，斷定我不配當她優秀兒子的太太，就好像她眼中的那個兒子並非基督教世界裡的大流氓，或者任何一個普通的正經女人嫁給他都嫌配不上似的。」

「眞是如此嗎，莫瑞小姐？難道妳媽媽明知道這一切，還希望妳嫁給他？」

「當然，她知道的！我相信她比我更清楚他的缺點。她瞞著我是怕我會因此而退縮，其實她不知道我根本不在乎這些事情。說實在的，這並不是什麼大不了的事呀，他結婚後便可改正，正如媽媽所說的，而且大家都知道的，浪子回頭會變成最好的丈夫。我只希望他如果不是這麼醜就好了——我只在乎這一點，但在這鄉下並沒有什麼挑選的機會，何況爸爸是不會讓我們去倫敦的——」

「不過，我覺得海特菲先生要比他好多了。」

「如果他是阿斯比莊園主人的話，那當然如此。可最重要的是，我必須擁有阿斯比莊園，我才不管是誰跟我共享。」

「但是海特菲先生一直以爲妳喜歡他呢，妳不覺得要是他發現自己誤會了，會非常失望和痛苦嗎？」

「才不會呢！這是他如此放肆無禮的懲罰，居然膽敢以爲我會喜歡他。能揭開蒙住他眼睛的那層紗，我是再高興不過了。」

「要是如此，妳越早這麼做越好。」

「不，我跟妳說，我喜歡尋他開心。再說，他也不眞的以爲我喜歡他。我在這方面是十分小心的，妳根本不知道我安排得有多巧妙。他可能以爲能讓我喜歡上他，單就這一點，我非要他受到應有的懲罰不可。」

「好吧，不過注意別爲他這樣的癡心妄想找太多理由。我只想提醒妳這點。」我答道。

誰知我的所有勸告根本就是白費工夫，只讓她對我有所戒備，掩飾她的希望與想法。她不再跟我談論那位教區長了，但是我看得出來，她腦子裡（先不論她的心）仍想著他，希望能再跟他見一次面。儘管在她母親的要求下，我現在總會陪她一起散步一小段路，她還是堅持到最靠近馬路的田野和小徑上散步，而且無論她是在跟我說話或讀她手裡的書，總會頻頻停下來東張西望，或者盯著馬路，看有沒有人過來。要是有人騎馬過來，無論是誰，從她對那名倒楣騎士的謾罵中，我可以看出：她討厭他，就只因爲他不是海特菲先生。

「當然，」我心想，「她對他並不像她本人以爲或企圖想讓別人相信的那麼不關心，而她母親的憂慮也不像她所認爲的那麼毫無來由。」

三天過去了，他都沒有出現。第四天下午，當我們正在那片令人難忘的田野，沿著園林圍籬散步，每個人手裡拿著一本書（我會隨身帶點東西讓自己有事做，因爲她有時候不需要我陪她說話），她忽然打斷我看書，喊道：「噢，格雷小姐！請妳行行好去看看馬克．伍德吧，幫我拿半克朗給他太太——一個星期前我就應該給她或送過去的，可是我完全忘了這回事。拿著！」她把錢包扔給我，並急匆匆說：「不用忙著現在就掏出錢來，錢包拿著，妳想給他們多少錢都行。我本來想跟妳一起去的，不過我想看完這卷，等我看完就會過去跟妳碰面的。快去，好嗎——噢，等等，妳若是能爲他讀點什麼不是更好嗎？快回屋裡去拿本好書，什麼都行。」

我依她的吩咐去辦。但是，她行事如此匆忙，又突然提出這樣的要求，不免讓我心生懷疑，因此走出田野時我回頭看了一眼，剛好看見海特菲先生走進下面的那扇柵門。她差我回屋裡去拿書，原來是要避免我在路上遇到他。

「算了，」我心想，「不會有什麼大問題的。可憐的馬克會很高興得到那半克朗，也許會喜歡那本好書。再說，如果教區長眞想偷得羅莎莉小姐的芳心，倒能稍微挫挫她的傲氣，如果他們最後步入禮堂，只會將她從更糟的命運中拯救出來，她對他會是不錯的伴侶，而他也是。」

馬克．伍德就是那個我之前提到過身患肺病的佃農，他現在的病情正急速惡化中。莫瑞小姐慷慨的施捨確實得到這位垂死病人的感恩，即使這半克朗對他本身幫助有限，他還是替自己即將成爲寡婦、孤兒的妻兒高興地收下了。我在他家裡坐了一會兒，爲他和他掛念的妻子唸了些書，獻上一點安慰和勸導，接著便告辭離開。但我走不到五十碼遠，便遇到韋斯頓先生，看來他也要往那裡去。他以一貫平靜眞摯的態度跟我打招呼，並停步向我詢問病人和家人的情況，然後像不拘禮節的兄長那樣，從我手中拿起那本我剛唸過的書，翻了幾頁，作出幾句有智慧的評論後又還給了我；接著跟我提起幾位他剛拜訪過的不幸人家，說了點南絲．布朗的事，對我那隻正在他腳下活蹦亂跳的毛茸茸小獵犬評論了幾句，最後又說了幾句天氣很好的話才離開。

我沒有詳述他當時所說的話，乃因我想讀者應不若我那般感興趣，並非我已經忘了那些話。不，我記得清清楚楚，因爲當天及之後的幾天，我又反反覆覆一直想著那些話，不知反芻過多少回。我回想著他那深沉又清晰的聲音中的每一個語調，他那靈活棕色眼睛的每一次眨眼，以及那愉快但過於短暫的笑容。恐怕這樣的表白有點太過荒謬，但是沒關係，我已經寫下了，而且讀者也不會認識作者的。

當我一路快樂地走著，看到周遭一切都覺得喜悅無比時，莫瑞小姐匆匆忙忙走上前來。她那輕快的步伐、緋紅的臉蛋和容光煥發的笑容，看來她也以她自己的方式，充滿了喜悅。她跑過來時，伸出胳臂挽住我，還沒緩過氣就急著開始說：「現在，格雷小姐，妳應該感到莫大榮幸，因爲我就要告訴妳我還未對任何人透露過半個字的大新聞。」

「好啊，是什麼新聞呢？」

「噢，眞是大新聞！首先妳要知道，妳才剛走，海特菲先生就出現了。我眞擔心爸爸或媽媽會看見他。但是妳知道，我又不能把妳叫回來，所以我就——噢，天啊！我現在沒有辦法全都告訴妳，因爲我看見瑪蒂達就在那邊的園林裡，我得去跟她說這個消息。不過，總而言之，海特菲先生這次非常大膽，說不出有多諂媚，並表現出前所未有的溫柔，至少他試著這麼做。但是他在這方面並沒有表現得很好，因爲這不是他的專長。我會再找個時間把他說的話統統告訴妳。」

「可是，妳是怎麼回答的呢？我比較想知道這部分。」

「我以後也會找時間跟妳說明白這部分。我當時恰值心情飛揚，不過即使我很隨和善良，還是注意不做出任何可能讓自己妥協的事。儘管如此，那個自命不凡的可憐蟲依然選擇用自己的方式來解讀我的和藹可親，而且最後他竟敢如此利用我對他的寬容……妳猜他怎麼著？——他竟然向我求婚了！」

「那麼妳……」

莫瑞小姐接著說起這段故事。

「我傲然地挺直身子，以最冷酷之口氣來表達我對這件事的驚訝，希望他沒有在我的言行舉止中，看到任何跡象證明他那份期望是合理的。妳應該看看他的表情有多悲慘！一張臉完全煞白。我跟他說我眞的十分尊敬他之類的話，但是不可能接受他的求婚，即使我接受了，爸爸、媽媽也絕無可能同意。

『但是，要是他們同意，』他問：『妳還會拒絕嗎？』

『當然，海特菲先生。』我回答，鐵下心來讓他完全死心。

噢，妳該看看他那副備受羞辱的樣子，完全被失望擊倒的模樣！眞的，我都快可憐他了。

然而，他還是在絕地中做了最後一次掙扎。當我們沉默一段時間後，他努力想讓自己鎭靜下來，我則努力保持嚴肅，因爲我一直很想笑出來，但這會毀掉一切。他終於擠出一個奇怪的微笑說：『請妳坦白告訴我，莫瑞小姐，如果我像休・梅爾塞罕爵士那麼富有，或者像他大兒子那麼有前途，妳還會拒絕我嗎？請以妳的名譽保證，告訴我實話。』

『當然啦，』我說：『這並不會有什麼差別。』

那是個大謊話，可是他似乎仍對自己的魅力深具自信，我也不想再落井下石。他直盯著我的臉看，不過我的表情控制得好極了，他完全看不出我沒說實話。

『那麼，看來這件事是渺無希望了。』他說道，看起來似乎會因爲惱怒和徹底的絕望而死似的。但是，他的憤怒並不少於失望。他站在那裡，一副苦不堪言的樣子，而造成這一切的我卻毫無憐憫之心，在他猛烈的目光和言語的砲轟下，就像一座完全打不透的牆，如此冷酷和驕傲，除了有點怨恨之外，似乎也無可奈何。他用非常苦澀的聲音說：『我完全沒料到會是這樣，莫瑞小姐。我本來想提起妳以前的行爲和曾經讓我產生的希望，但是我克制住了，條件是——』

『沒有任何條件，海特菲先生！』我駁斥道，現在我眞的對他的放肆無禮發火了。

『那算是我請妳幫幫忙吧，』他答道，聲調立刻低了下來，口氣也較謙遜些，『我請求妳別向任何人提起這件事。如果妳能保持沉默，那就不會對我們雙方造成任何不愉快——完全不會，我的意思是，除了那無可避免的不快之外。關於我自己的感情，如果我無法使它消失的話，也要盡力把它埋藏在心裡……我會試著忘記造成我痛苦的原因。莫瑞小姐，我不認爲妳瞭解自己對我的傷害有多深，我不想讓妳知道一切。但是，除了妳已對我造成的傷害之外——請原諒我，不管是否出於無心，妳確實造成了傷害——要是妳把這不幸的事情張揚出去或甚至提起它，妳會發現，我也可能守不住祕密的。儘管妳藐視我的愛情，但是妳恐怕無法蔑視我的——』

他打住了，他咬著毫無血色的嘴唇，看起來相當可怕，眞把我嚇住了。然而，我的驕傲仍支撐著我，我昂然地說：『我不曉得何以讓你認爲我會對別人提起這件事，海特菲先生。但是如果我想這麼做的話，你是無法用恐嚇遏阻我的，尤其這眞不是紳士應有的舉止。』

『請原諒我，莫瑞小姐，』他說：『我是如此愛妳——至今仍深深愛著妳，我無意冒犯妳，但我從來不曾、以後也永遠不會像愛妳這樣去愛任何女人了，同樣可確定的是，我也從來沒受過如此糟糕的對待。相反的，我向來認爲女性是上帝創造中最仁慈溫柔的生物，直到現在仍然如此。』想想那個自負的傢伙居然這麼說話！『今天妳讓我上了既新奇又殘忍的一課，在我終生幸福唯一指望上所遭受的失望痛苦，若有任何失禮之處，請務必原諒我。若是我的存在讓妳感到不快，莫瑞小姐，』他說道，因爲他看到我四處張望，以表示我根本就不在意他，所以我想，他以爲我已經對他厭煩了。『如果我的存在讓妳感到不快的話，莫瑞小姐，那麼只要妳答應我的請求，我就馬上離開。有許多女士，有些甚至在我們教區裡，會很高興接受被妳如此輕蔑踩在腳下的東西。她們自然會對那位絕代佳人有敵視的傾向，因爲正是那位佳人蒙蔽我的心而使我疏遠她們，忽視她們的魅力。我只要跟她們當中任何一位透露半點實情，就足以掀起不利於妳的言論，嚴重影響妳的未來，減少妳或妳母親計劃擄獲哪位紳士的成功機會。』

『你這話是什麼意思，先生？』我回應道，氣得直想跺腳。

『我的意思是，這件事從頭至尾對我而言，就是一次不當的挑逗行爲，這應是最好聽的說法——像這樣的事情若是張揚出去，妳會發現那有多糟糕。只要我把話傳給她們，妳的女性競爭者會樂得加油添醋、誇大實情，恨不能鬧得人盡皆知。但是，我以一位紳士的名譽向妳保證：任何可能對妳造成不利影響的隻字片語，都不會從我的嘴巴吐出，只要妳——』

『好啦，好啦，我會守口如瓶，』我說：『如果我的緘默才能使你安心的話，那你儘管放心吧。』

『妳答應啦？』

『是的。』我說，因爲我當時只想擺脫他。

『那麼，再見了！』他以悲痛欲絕的聲調說完這句話，臉上的傲氣徒然地與絕望交戰，就這麼轉身離開了。想當然爾，他一定巴不得趕快回家，把自己關在書房裡大哭一場——要是他沒有在半路就哭出來的話。」

「不過妳已經食言了。」我說，對於她的背信感到震驚。

「喔！我只對妳說而已，我知道妳不會說出去的。」

「我當然不會，可是妳說要去跟妹妹講這件事。當妳的兩個弟弟回來時，她一定會告訴他們，而且要是妳自己沒有跟布朗說的話，她還會立刻去跟布朗說，接著布朗會把這件事張揚出去，或者透過別人傳得滿城皆知。」

「不會的，眞的，她不會的。除非她答應會嚴守祕密，否則我們就別告訴她。」

「妳怎能指望她比更有教養的小姐還守信用呢？」

「好吧，好吧，那不要告訴她好了。」莫瑞小姐說道，已經露出不耐煩的樣子。

「不過，妳當然會告訴妳媽媽，」我接著說：「她又會告訴妳爸爸。」

「當然，我得告訴媽媽，這是我現在最高興的事，終於可以讓她相信她以前的擔心有多荒唐。」

「噢，眞是這樣嗎？我剛才還在想，到底是什麼事讓妳這麼高興呢。」

「是的。另一件事是，我以如此迷人的方式讓海特菲先生更謙卑些，另外——哎呀，妳總該容許我持有點女人的虛榮心吧，我並不會假裝好像沒有女性的這一項重要特性。要是妳看到可憐的海特菲先生熱情表白時的那副急切樣、他求婚時的諂媚表情，以及當他被拒絕時再怎麼努力保持自尊都無法掩飾內心痛苦的模樣，那妳就會瞭解，我爲什麼這麼高興了。」

「我想，他越是痛苦，妳就越沒有高興的理由。」

「噢，胡說八道！」這位年輕淑女喊道，惱怒地晃著身子。「妳要麼是無法理解，要麼就是不想理解我。要不是我確信妳是個高尚的人，還會以爲妳在妒忌我呢。但是，也許妳能理解一個讓我開心的理由，它和其他任何一個理由同等重要，那就是我自傲本身的謹愼、自制力、冷酷無情——如果妳高興這麼想的話。我一點也沒有因爲這件事情而驚慌、尷尬或愚蠢，只是以我應有的方式行動、說話，自始至終都控制得宜。而這個男人帥氣十足，珍．葛林和蘇珊．葛林都說他帥得醉人，我想她們就是他口中所言樂意嫁給他的兩位女士。不管怎麼說，他確實是一位非常聰明睿智、討人喜歡的伴兒，非妳所說的那種聰慧，而是足以讓他變得有趣的聰慧；這樣的人在哪兒也不會讓妳感到丟臉，不會讓妳很快就厭倦。說實話，我還滿喜歡他的，最近甚至比哈利．梅爾塞罕還喜歡，他顯然也把我當成傾慕對象。即便他在我獨自一人、毫無準備的情況下來到我跟前，我還是有足夠的智慧、自尊和力量拒絕他，而且以如此不屑、冷酷的方式表現出來，我有充分的理由為此而自豪！」

「那妳也同樣自豪於告訴他，即使他擁有休．梅爾塞罕爵士那樣的財富，妳對他的態度也不會有任何差異？事實上根本就不是這麼一回事。而且妳答應絕不會把這件不幸的事情告訴任何人，但顯然妳連一絲絲想遵守諾言的意思都沒有。」

「當然！我還能怎麼做呢？妳總不會要我——啊，我明白了，格雷小姐，妳的心情不太好。瑪蒂達來了，我倒要聽聽她跟媽媽對這件事會有什麼看法。」

她離開我，就因我無法贊同她的看法而惱怒。毫無疑問的，她肯定以為我在忌妒她。我並沒有——至少我深信自己並沒有。我為她感到難過，對於她那冷酷無情的虛榮心感到震驚和厭惡，我不明白為什麼要把那麼多美貌賦予那些不會善用它們的人，而不是那些願意讓它對自己和別人有益的人？

總之只有上帝才最清楚，這是我最後得出的結論。我想，世界上有一些男人也像她那樣虛榮自私和冷酷無情，或許就需要像她那樣的女人來懲治他們。

Chapter 15

# 第十五章 散步

「噢，天啊！我眞希望海特菲沒有這麼莽撞！」隔天下午四點，羅莎莉裝腔作勢地打著呵欠說道，她放下手邊的毛線活兒，無精打采地望著窗戶。「現在也提不起勁出去散步了，沒什麼好期待的。沒有讓人生氣蓬勃的宴會，日子變得又冗長又乏味，據我所知，這個星期跟下個星期連一場宴會也沒有。」

「可惜妳對他這麼壞，」瑪蒂達說道，她姊姊正在向她訴苦。「他再也不會來啦。看來妳終究是喜歡他的。我以前還希望妳會讓他成爲妳的情人，把親愛的哈利留給我。」

「哼！如果一個情人就可以讓我滿足的話，瑪蒂達，那麼他一定得是位人見人愛的阿多尼斯①才行。我承認我很遺憾失去海特菲，不過這只會讓我更加歡迎那第一個或是第一批來取代他的體面男人。明天就是星期天啦，我眞不知道他會變成什麼樣子，能不能做完禮拜。他很有可能假裝患了風寒，把工作全交給韋斯頓先生來做。」

「他不會這樣的！」瑪蒂達喊道，語氣中帶點輕蔑之意。「他雖然是個傻瓜，但還不至於軟弱成這樣子。」

這稍微冒犯到她姊姊了，而事實證明瑪蒂達是對的，那位失望的戀人一如往常地履行了主牧師的職責。羅莎莉當然一口斷定他臉色看起來很蒼白及沮喪。他看起來或許是有點蒼白，但即使有的話，也看不大出來。至於情緒沮喪這件事，我倒眞的沒聽到他像以前那樣從法衣室傳出笑聲，也沒聽到他興高采烈地高聲談話，卻是確實聽到他拉高嗓門責罵教堂司事，這引起大家的側目。當他往返佈道壇和聖餐桌時，不難看出他是在強作鎮定，不若他以前走這段路時那般傲慢自信，或甚至沾沾自喜而專橫霸道地似在傳達著如下訊息：「我知道你們全都崇拜我、敬畏我，要是有人不是這樣，我就要狠狠打得他滿地找牙！」不過最大的改變是，他一次也沒有看向莫瑞先生一家，我們離開之前，他也沒有走出教堂。

看來海特菲先生確實受到嚴重打擊，只是他的傲氣迫使他盡全力掩蓋這件事對他的影響。他失望地發現之前竟以為自己有希望娶到一位美麗又富有魅力的夫人，即使不是如此，就憑她的門第和財產也會讓她光彩耀人；遭到拒絕對他來講當然是相當大的屈辱，加上莫瑞小姐的所有表現又使他深受傷害。要是他知道莫瑞小姐發現他如此不受影響，居然在兩次禮拜中都不看她一眼，心裡有多麼失望，他一定會感到十足安慰。不過她還是嘴硬堅稱，這正表明了他一直都在思念著她，否則他的目光便會不經意落在她身上，話說回來，若是他眞的偶然看到她，她八成會說那是因爲他無法抵禦心上人魅力。以某個程度來講，他應會高興看到她一整個星期（至少大部分時間）因失去了以往的快樂泉源而鬱鬱寡歡，情感上得不到滿足。她常爲「過早把他利用完」而後悔不已，就像個孩子狼吞虎嚥地啃完葡萄乾蛋糕，現在只能乾坐著吸吮自己的手指，埋怨自己太過貪吃了。

一個晴朗的上午，她終於叫我陪她散步到村子裡去。表面上她是要到村裡買幾色柏林毛線（那家店主要靠鄰近女性主顧來維持生意，店面勉強還算過得去），可說實在的，她眞正的目的應該是想在路上遇到教區長本人或其他愛慕者。我想這樣的假設並不算有失厚道，因爲當我們一路走過去時，她一直在想著，「要是我們與海特菲先生相遇，他會怎麼做、會說些什麼？」之類的事情；當我們經過葛林先生家的莊園口時，她便想著，「不曉得那個大傻瓜在不在家？」；而當梅爾塞罕夫人的馬車經過我們身邊時，她又想，「不曉得哈利先生在這樣個大晴天忙些什麼去了？」——接著又開始罵他哥哥，「眞是個大笨蛋，竟然結婚搬到倫敦去住了。」

「他怎麼啦？」我說：「妳自己不也想搬到倫敦去住。」

「是呀，畢竟這兒實在是太無聊了，他的離開偏讓這裡更加沒意思了。要是他沒有結婚的話，我就可以嫁給他，犯不著嫁給那個噁心的湯瑪斯爵士啦。」

接著，她看到泥濘的路面上留有馬蹄印，便又開始猜測，「那不曉得是哪位紳士的馬留下的，」最後自己又下結論說是某位紳士的馬，因爲那馬蹄印太小了，不像是「笨重的拉車大馬留下的」。接著又想，「那位騎士會是誰呢？」他騎馬往回走時，我們會不會遇到他呢？因爲她可以肯定那位騎士今天早晨剛從這裡經過。當我們最後終於走進村子，看到在街上走動的盡是些微不足道的村民，這時她又想，「爲什麼這些愚蠢的傢伙就不能在自己家裡好好待著哩，我眞不想看到他們醜陋的面孔和那又髒又土的衣服——我可不是爲了看到這些才到霍頓來的！」

我承認，在整個過程中，我也暗自想著，我們會不會碰到或看見其他人，尤其當我們經過他的住處時，我甚至想到他會不會剛好在窗前。當我們要進店裡時，莫瑞小姐讓我站在門口，要求我當她在裡面買東西時，要是有人經過就馬上叫她。可是很遺憾！除了幾個村民外，誰也沒出現，我只看到珍·葛林和蘇珊·葛林從唯一的那條街道走下來，看來她們是剛散完步。

「愚蠢的東西！」她剛買完東西從店裡走出來這樣喃喃說：「她們怎麼不會帶個傻兄弟一起出來呢？至少一個也總比沒有來得好呀。」

她仍是帶著愉快的笑容和她們打招呼，並聲稱很幸運遇見她們，就跟她們一樣高興。葛林姊妹分別走在她兩側，三人說說笑笑地繼續往前走，就像一般關係還不錯的年輕女孩碰在一起時，總會那樣說說笑笑著。但是我覺得自己又成了多餘的人，於是便跟以前遇到這種情況時一樣故意落後，由著她們快樂談笑去。我可不想像個聾啞人似的挨在哪位葛林小姐或蘇珊小姐身邊，置身於既不說話也沒人搭理我的窘況。

但是這一次我並沒有孤單太久。我正想著韋斯頓先生，他就眞的走過來跟我說話了。剛開始我還覺得很奇怪，可是後來想想，其實除了他跟我說話這件事之外，他的出現倒不奇怪，因爲這樣一個上午，又靠近他住的地方，他會在附近出現是很自然的；至於我想他這件事，我從出發時起便一直在想著他，幾乎沒有間斷過，因此這就更不奇怪了。

「妳又自己一個人走了，格雷小姐。」他說。

「是啊。」

「那兩位小姐是什麼樣的人呢，那兩位葛林小姐？」

「我並不清楚。」

「這就奇怪了，妳們住得那麼近，又常常碰到面。」

「嗯，我想她們應該都是活潑、好脾氣的姑娘。你應該比我更瞭解她們，因爲我從未和她們當中任何一位談過話。」

「這樣啊！在我的印象中，她們並不是特別冷酷的人。」

「對於和她們同階級的人，她們可能並不冷淡，但她們認爲自己的社交場合跟我是天差地別！」

他並沒有針對這個作出任何回應，但過了一會兒他又說：「我想正因爲這樣的事，格雷小姐，才讓妳覺得沒有家就活不下去。」

「也不全然如此。其實，我是很需要朋友的，無法在沒有親友的情況下快樂生活；而我僅有的朋友，或者說可能擁有的朋友都在家裡，因此，要是他們都不在了——我不能說我會活不下去，但是我寧願不要活在這個荒涼的世界上。」

「但是妳爲什麼說妳可能擁有的唯一朋友呢？妳有這麼孤僻，無法結識新朋友嗎？」

「不是的，只是到目前爲止我還沒有認識一個朋友。以我目前的地位來講，並沒有這個可能，或甚至連交個普通朋友也沒辦法。這錯部分在我，但我希望不全然是這樣。」

「這錯部分應歸咎於社交圈，僅是部分，我認爲應歸咎於妳周遭的人，而部分則在於妳本人——因爲有許多和妳相同地位的女士，也能讓人注意到她們且受人敬重。但是妳的學生在某種程度來講，應當能成爲妳的同伴，她們並沒有小妳多少歲數呀。」

「喔，是的，她們有時候確實是不錯的伴兒，但是我不能稱她們爲朋友，而她們也不會想要把這個稱號冠在我身上。她們有其他更趣味相投的朋友。」

「也許妳對她們來講是太聰慧了。妳自己一個人時會做些什麼呢，妳看很多書嗎？」

「閱讀確實是我最愛做的事，只要有了空檔和好書本可讀的話。」

從讀書這件事，談到一些特定的書，又轉而談論一個又一個的話題，我們在半小時內，談了好幾個關於興趣及看法的話題。他自己倒沒有發表很多意見，顯然他並不是那麼想發表自己的想法和喜好，而只想瞭解我的。他沒有刻意用什麼方法來打探我的情感或想法，也沒有悄悄地把我們的談話引到他想談的話題上，話說回來，他那麼親切不唐突，單純而直率的態度不可能觸犯到我。

「他爲什麼會對我的道德觀和才智感興趣呢，我的思想或情感對他來講有什麼意義？」我自問道，可是在回答這一個問題時，我的心悸動了。

然而，珍・葛林和蘇珊・葛林很快就到家了。她們站在莊園入口說話，企圖說服莫瑞小姐到她們家坐坐，我當時眞希望韋斯頓先生能就此離開，否則當她轉過身來時，便會看到他和我在一起。但不幸的是，他要再去探訪可憐的馬克・伍德，正好跟我們同路，我們快走到家才會與他分開。韋斯頓先生看到羅莎莉和她的朋友道別、我準備過去跟她會合的那刻，他只要加快腳步，還是可以離開的，誰知他卻走到莫瑞小姐身旁，有禮貌地向她舉帽致意。她竟然沒有抬起下巴傲慢無禮地頷首，而是報以最甜美的笑容，走到他身邊，以你可以想像最親切可愛的態度跟他說話。我們三人便這樣一起繼續往前走。

在他們談話的一小段空隙之間，韋斯頓先生特別跟我說了一些話，談起我們剛才聊過的話題，但是我才剛準備回答，莫瑞小姐馬上就搶著說了，還進一步借題發揮。他便又加入她的談話，從這一刻起直到談話結束，她完全霸佔著他聊天。這或許也得怪我自己太笨，欠缺足夠的談話技巧與自信。我不由覺得自己好委屈，憂心得直打哆嗦，忌妒地聽著她暢快的談吐，憂慮地看著她展露燦爛的微笑並不時注視著他的臉。因爲她故意稍微走在前面一點，好讓他可以欣賞她的身影，又可以聽到她說話（我自己這樣猜想）。即使她談的內容淨是些微不足道的瑣事，仍顯得有趣，而她總是不缺話題講，不會找不到適合的字眼來表達。她現在的行爲舉止完全不像她和海特菲先生一起散步時那麼輕佻無禮，只見到文雅又妙趣的活力，我想這正是韋斯頓先生這種性情的男子最喜歡的。

他走了之後，她便大笑了起來，並自言自語地說：「我早知道自己可以做到的！」

「做到什麼？」我問。

「擄獲那個男人。」

「這是什麼意思？」

「意思就是說，他回家後作夢都會想到我。我已射穿他的心了。」

「妳怎麼知道呢？」

「有許多明顯的證據呀，尤其是他離開時投向我的那種眼神。那不是放肆無禮的眼神——這一點我可以確定——而是一種專摯的溫情仰慕。哈，哈！看來他不像我以為的那種呆頭鵝！」

我未作任何回答，因為我的心早已懸在半空，對於這樣的情況，我無法保證自己會說出什麼樣的話。「噢，上帝啊，制止這一切吧！」我在心裡這樣喊道：「是為了他，不是為我自己！」

當我們走過莊園時，莫瑞小姐又說了些瑣事，對於這些話（儘管我努力不讓內心一絲一毫的感情表現出來），我只能作出簡短的回答。她是成心要折磨我，還是為了尋開心，我也說不準，也不那麼在乎，但是我想起那則故事，內容關乎只有一隻羊的可憐人和那個擁有好幾千隻羊的富人。我除了為自己的希望破滅而傷心之外，不知何故，也擔心起韋斯頓先生。

我真高興終於進了屋子，又可以獨自待在房裡。我的第一個衝動就是坐進床邊的椅子，把頭埋在枕頭上盡情地哭泣宣洩。我絕對有必要發洩心裡的鬱悶之情，可是，哎呀！我還是得克制及隱藏自己的情感，因為鈴聲響了。那討厭的鈴響催我到教室用餐，我得帶著平靜的表情下樓，還要微笑、大笑、談些無聊的話——是的，也要吃東西，如果我吃得下的話——就好像一切如常，我剛愉快地散完步回來。

譯註：

①阿多尼斯（Adonis），希臘神話中迷戀愛與美之女神阿芙蘿黛緹的美少年。

Chapter 16

# 第十六章　取代

隔一個星期天是四月最陰沉的一天，那天烏雲密佈，還下著大雨。下午時莫瑞一家都不想上教堂，除了羅莎莉之外，她執意要照常去做禮拜，於是命人備好馬車，要我和她一起上教堂。我當然不反對，因爲我在教堂裡可以不必顧忌旁人的嘲笑或非難，注視著那個比上帝創造的事物更讓人快樂的身影和臉龐，可以傾聽一個在我耳中，比最美妙的音樂還要動聽的聲音；人們可能以爲我是在和我最關注的神靈交流，從中汲取最純潔的思想和最神聖的渴望。這種快樂是毫無雜質，除了我的良心暗自譴責，不時地悄悄告訴我：我在欺騙著自己，同時也在嘲弄著上帝，因爲我喜歡那個主之造物，更甚於造物主。

有時候這樣的想法會讓我很困擾，但有時候我又可以這樣想著來讓自己安心：我愛的不是他這個人，而是他的良善。「凡是純潔的，凡是可愛的，凡是有美名的，這些事你們都要思念。」①我們崇敬上帝，就也應崇敬上帝的德行。而我從來沒見過有哪個人身上有這麼多上帝的特質——這個上帝的忠僕身上，光耀著這麼多上帝的精神；像我這樣一個沒有什麼事情好擔心的人，要是瞭解他卻不懂得去欣賞他，那當眞是愚鈍而麻木不仁了。

幾乎一做完禮拜，莫瑞小姐便走出教堂。馬車還沒有來時，我們得先站在門廊等，因爲那時候正下著雨。我不瞭解她爲何要這麼匆忙走出來，因爲梅爾塞罕少爺和葛林少爺都不在那裡，我很快就瞭解，原來她是想確定韋斯頓先生一出教堂，便能和他說上話。他果然很快出來了。和我們打過招呼後，他本打算要離開，但她留住了韋斯頓先生，先是抱怨天氣，接著又問他明天是否能來看看門房那位老婦人的孫女，因爲那女孩生病發燒，想見他。他答應了。

「你何時方便過來呢，韋斯頓先生？那位老婦人應會想知道你拜訪的時間，好等你過來。你知道的，像他們這些人，每當有體面人要過去探訪他們時，特別想把小屋子收拾得整潔一些。」

這簡直是最佳例證，從不懂體貼人的莫瑞小姐居然會想得如此周到。韋斯頓先生於是說出上午的一個時間，並說他會盡量準時。這時馬車已經到了，男僕撐開傘等著護送莫瑞小姐走過教堂庭院。我正準備跟上，而韋斯頓先生也有把傘，要撐傘送我過去，因爲雨下得很大。

「不用了，謝謝你，這點雨不打緊的。」我回絕了這番好意。當事情來得太突然時，我總是連普通的禮節都沒能顧慮到。

「不過我想，妳總不想淋雨吧？無論如何，一把雨傘對妳不會有什麼壞處的。」他回答道，依然帶著笑容表示他並沒有生氣，唉，要是脾氣稍欠佳或較乏洞察力的人碰到我這樣拒絕幫助，早就生氣了。我無法否認他說的話確實有道理，便跟他一起過去馬車那邊。他甚至伸手扶我上車，雖然這並不必要，我仍是接受了，因爲怕惹他生氣。離開前，他還看了我一眼，露出淡淡的微笑——雖然很短暫，但是我可以看出，或自以爲可看出這微笑中蘊含著某種意義，讓我心中燃起的希望之火愈發明亮了。

「格雷小姐，要是妳願意再等一會兒，我就讓僕人去接妳啦，妳其實不需要用韋斯頓先生的傘。」羅莎莉說，她美麗的臉上罩著一團不悅的烏雲。

「我本來不用傘就可以過來的，只是韋斯頓先生說要送我一程，我不好拒絕他，免得惹他生氣。」我心平氣和地微笑著回答，因爲我內心的喜悅，有可能會讓我在另一回場合中受到傷害。

現在馬車開始動了起來。當我們經過韋斯頓先生時，莫瑞小姐向前傾，看向窗外。他正沿著小徑一步步朝他的住所走去，並沒有回頭看。

「蠢驢！」她喊道，用力坐回自己的座位。「竟然不回頭看我，你都不知道自己損失了什麼！」

「他損失什麼啦？」

「我跟他點一下頭，就要讓他升上七重天②啦！」

我沒作回答，看來她心情不是很好，不過這件事卻讓我暗自欣喜，並非因爲她生氣了，而是因爲她已經想到自己確實有理由如此。這讓我覺得，我的希望並不完全來自於孤執的幻想。

「我是想拿韋斯頓先生來取代海特菲先生，」我的同伴說道，停了一會兒後，她又恢復平日快活的模樣。「妳知道，星期二要在阿斯比莊園舉辦的舞會，媽媽認爲湯瑪斯爵士頗有可能在那時向我求婚。像這樣的事情常是在舞會中私下提出的，在這種場合，紳士們最容易陷入情網，而女士們也最迷人。但是，要是我得這麼早就結婚，那我非好好享受目前的時光才行，我已下定決心，不能只有海特菲一個人拜倒在我的石榴裙下，枉費心思地乞求我接受他那一文不值的愛意。」

「如果妳是想把韋斯頓先生當成妳的一位犧牲者，」我一副事不關己的口氣說：「那麼妳就必須自己去向他表白，等他要妳滿足妳所給他的期待時，妳會發現要抽離是很困難的。」

「我不認爲他會向我求婚，而我也不希望如此，若眞要這樣的話，未免太過踰矩了！我只是要他感受到我的魅力。事實上，他已經感覺到了，只不過他還得說出來才行。不管他對我有什麼癡心妄想，都只能把他的想法埋在心裡，只要最後的成果讓我開心就好——短暫的快樂。」

「噢！願某位仁慈的神靈能把她的這些話悄悄地傳到他耳中！」我在心中不禁這樣喊道。我實在是太生氣了，不想貿然地大聲回話，於是那天，我或其他人皆未再提起韋斯頓先生。

隔天早上一用完早餐，莫瑞小姐隨即走進教室，當時她妹妹正在讀書，或者說是在做功課，因爲那根本就不算是學習。她說：「瑪蒂達，我要妳十一點左右陪我去散步。」

「噢，不行，羅莎莉！我得去訂製新韁繩和新鞍布，還要去跟那個抓老鼠的人談談他的狗。讓格雷小姐陪妳去吧。」

「不行，我要妳陪我去。」羅莎莉把她妹妹叫到窗邊，咬著耳朵跟她說明原委，直到她妹妹同意陪她去。

我記得韋斯頓先生說十一點要到門房這邊來的，還想起我曾目睹過的那整個詭計。因此，午餐時我聽到她們一直談論著韋斯頓先生，像是他如何在她們沿馬路散步時追上他們；她們和他走了很長一段路以及談了些什麼話，並且眞的覺得他是個很有趣的伴兒；以及很明顯的，他看到她們竟願意放下身段和他散步，肯定感到格外驚喜等等之類的話。

譯註：

①《新約聖經・腓立比書》第四章第八節。

②七重天，也就是基督教中上帝與天使所在的極樂之界。

Chapter 17

# 第十七章　告白

既然我打算說出一切，我也必須承認，在這段期間我確實比以前更加注意穿著打扮。這一點無可厚非，畢竟我以前太不注重這方面了，如今我總要花上足足兩分鐘的時間，望著鏡子裡的自己。但我還是無法從中得到安慰。因爲我無法從那張臉中看見任何美麗姿顏，只有凹陷而蒼白的臉頰、平凡的深棕色頭髮。在前額上或許可看到一點智慧的影子，深灰色眼睛裡可看到一點豐富的神情，除此之外還有什麼呢？別人或許覺得低低的希臘額和無神的黑色大眼睛要漂亮得多呢。渴求美麗眞是愚蠢。聰慧的人從不要求自己有美麗的容貌，或者在意別人長得漂亮。要是一個人具有良好的修養，加上一顆善良的心，就不會在乎外表了——我們小時候老師曾這麼教誨過，現在我們仍然這麼對孩子說。此番說法無疑是明智有理，可眞能在眞實生活中實踐嗎？

我們很自然地會去愛那些能帶給我們快樂的事物，還有什麼能比美麗容顏更引人愉悅呢？——至少這位美麗的人並沒有惡意時是這樣的。小女孩愛她的鳥，爲什麼呢？因爲小鳥是活生生、有知覺的，因爲小鳥孤弱無助又無害嗎？而一隻癩蛤蟆，也是活生生、有知覺的，同樣也孤弱無助又無害；但是儘管小女孩不會去傷害癩蛤蟆，卻也無法像愛鳥那麼愛牠，因爲癩蛤蟆沒有小鳥優美的外形、柔軟的羽毛和明亮又會說話的眼睛。一個女人要是既美麗又可親，大家都會稱讚這兩項優點，縱然大部分人是看重她的美貌；相反的，如果她的長相與品性都不佳，長相平凡通常會被當作一項重大罪惡來加以抨擊，畢竟在一般人眼裡，長相不漂亮是最令人不悅的。要是她長相平凡而心地善良，但若不善於交際又封閉，除了那些與她最親近的人之外，沒有人會察知她的良善，其他人則只會對她的心靈和精神抱持著不好的看法，這些人總是很自然地討厭沒有被上天賦予美貌的人，即使這樣的行爲是不對的，他們也會爲自己找藉口。一個女人若擁有天使般面容，便能掩藏住一顆惡毒的心，用迷人風采蒙蔽一些出現在別人身上就無法容忍的缺點和壞習慣。擁有美貌的人，即足以爲此而感謝上帝，好好運用這樣的美貌，就像運用其他天賦那樣；而沒有美貌的人，就讓他們自己去尋求安慰，在缺乏美貌的條件下好好發揮自己的才能。當然，人們往往太過看重美貌的價值，即使它確實是上帝的恩賜，不容忽視。

很多人可能都有這樣的感覺，他們覺得自己能夠愛人，同時他們的心也告訴他們，自己值得再被愛一次；然而他們可能因爲少了那樣、這樣的小缺點，而使得他們無法給予和接受那似乎本該感受和得到的幸福。又如一隻微不足道的螢火蟲，居然輕忽自己發光的力量——沒有這光芒，那些與她擦身而過的飛蟲可能早已經過千百次，也永遠不會在她身邊停下。她或許能聽見那拍打著翅膀的意中人在她頭上和周圍嗡嗡飛過，怎麼也尋不著她，而她也渴望被找到，卻沒辦法讓他發現自己就在這裡，沒辦法出聲去喊他，也沒有翅膀隨他飛翔；於是他只得去尋找其他伴侶，她則只能在孤寂中自生自滅。

這些就是我在那段時間所想的一些事情。我還可以吐露更多、更深入，跟大家分享更多想法，提出一些讀者可能會覺得難以回答的問題，推演出一些可能會激起偏見或招致嘲笑的結論來，因爲這些想法可能無法獲理解。我不如就此打住不說罷。

現在，還是讓我們回到莫瑞小姐身上。星期二她跟她媽媽一起去參加舞會，當然是盛裝打扮、美麗動人，想到自己美好的前程和迷人的風采就開心不已。由於阿斯比莊園離霍頓山莊約十英里遠，她們必須早早出門，我本來打算去和南絲・布朗共度傍晚時光，我有很久一段時間沒見到南絲了，誰知我那位好心的學生早就幫我計劃好了，要我抄一份樂譜，把我留在教室裡，哪兒也不能去，一直到快上床時才忙完。隔天早上約十一點左右，她一走出臥房，就馬上跑來跟我報告她的新消息。湯瑪斯爵士果眞在舞會上向她求婚了，這一件事充分表明她媽媽不是睿智精明，就是計謀高人。我倒認爲她是先盤算好一切，然後預測計畫必然會成功。求婚當然是被接受了，新郎候選人今天就要到家裡來與莫瑞先生談結婚的事情。

羅莎莉一想到自己即將成爲阿斯比莊園的女主人，就欣喜不已，興高采烈地期待著豪華耀人的婚禮、國外的蜜月旅行，以及之後可以在倫敦和其他地方得到她所期待的種種娛樂。當時她似乎暫時很滿意湯瑪斯爵士這個人，因爲她剛見過他，並和他跳舞、聽他說了許多奉承話，但是歸根究底，她還是對於這麼早結婚有點退縮。她希望婚期至少能延遲個幾個月，而我也希望如此。如此倉促地完成這不被看好的婚姻是很可怕的事，應該多點時間給這可憐的孩子想想自己即將邁出那不可挽回的一步。我並不想裝出「母愛般的細心與關心」，只是對於莫瑞夫人的冷酷無情感到驚訝、可怕，她根本不在乎女兒眞正的幸福；而我不受重視的警告和勸告，努力想挽回這不幸的錯誤，都只是徒費力氣。莫瑞小姐對我的告誡只是一笑置之，我很快就發現，她之所以不願意馬上結婚，主要是因爲她想趁自己尚未失去繼續胡鬧的資格之前，盡量去媚惑她所認識的那些年輕紳士。也就是因爲如此，當她向我透露訂婚的祕密之前，要我保證絕對不向任何人提起這件事。當我看清事實，看到她比以前更肆無忌憚地做那些賣弄風騷的無情勾當時，便不再憐憫她了。「順其自然吧，」我想，「她是罪有應得的，湯瑪斯爵士配她不算太差。她越快無法再去欺騙和傷害別人越好。」

婚期定於六月一日。婚禮跟上次那場關鍵性的舞會只相隔六個多星期，即使是在這麼短的時間內，羅莎莉熟練的技巧和堅決的努力，還是有可能做出一籮筐事情來的，尤其是這段期間，湯瑪斯爵士大部分時間都在倫敦。據說他是去和他的律師處理一些事情，並爲即將舉辦的婚禮做準備。他頻頻捎來熱情如火的情書，竭力彌補無法陪在她身邊的缺憾，但是這些信並不像親自造訪那樣會引起鄰居的注意，或者像他們親眼看到那樣；而阿斯比老夫人的傲慢、妄尊自大，也讓她不願到處散播此婚訊，再加上她身體欠安，無法過來探訪未來的兒媳婦；於是，以上種種因素湊在一起，讓這樁婚事的公開程度比一般婚事隱密得多。

羅莎莉有時會把她愛人的書信拿給我看，想證明他將會是位多麼溫柔專情的丈夫。她也把另一個人的信拿給我看，那就是不幸的葛林先生，他沒有勇氣（或是「沒膽」，用她的話來說）當面向她求婚，但對他這樣的人，光拒絕一次是不夠的，他會不死心一次又一次寫信挑戰。如果他看到自己的美麗心上人對他動人之求愛做出輕蔑的鬼臉，聽到她的嘲笑話語，以及因他的癡情而給他起的難聽綽號，他就會打退堂鼓了。

「妳爲何不乾脆地告訴他，妳已經訂婚了呢？」我問她。

「噢，我可不想讓他知道。」她回答：「如果他知道了，那麼他的姊妹和所有人就全都會知道，那麼我的——呃——就結束了！再說，要是我眞跟他說了，他會認爲我的婚約是唯一障礙，如果我沒有婚約就會嫁給他，哎呀，我無法忍受任何男人這麼想，至少，尤其是他。此外，我才不在意他的信，」她輕蔑地加了一句：「他愛多常寫，就多常寫，當我遇到他時，他想多麼像動情的公牛都隨他，那只會逗樂我而已。」

同時，梅爾塞罕少爺仍舊勤於來莫瑞家作客或常經過莊園入口。根據瑪蒂達的咒罵和譴責來判斷，她姊姊對他的關注已逾越一般禮節，也就是說，她對他調情的熱烈程度，已經達到她父母在場時所能允許的極限。她試圖耍些手段，想讓海特菲先生再次拜倒在她石榴裙下，卻無法如願獲得成功的效果，便以更傲慢的態度來回報對方的冷漠，拿以前攻擊副牧師的那種嫌惡、鄙夷話語來談論他。在這一段時間裡，她的目光亦無放過韋斯頓先生。她抓緊每一次機會和他見面，要盡所有手段迷倒他，以那種似乎她眞正愛的人除他之外別無他者的態度來誘引，彷若她的終生幸福全視他能否回報她的愛以定奪。如這般行爲，完全跳脫出我的理解範圍。倘若我是在讀一本小說時看到如此情節，肯定會覺得是胡亂捏造的，即使聽別人說起這樣的事情，也會認爲八成是誤傳或誇大了。但是，我卻親眼目睹了，並因此而受苦。我只能作出底下結論：過度的虛榮心，就像喝醉酒一樣，讓你的心變得冷酷無情、讓你的才能受限、讓你的情感走向斜路；並非只有狗是明明已經飽到喉嚨了，還想貪婪地獨吞牠再也咽不下的食物，也不肯留一小口給牠飢餓的兄弟。

現在她對窮苦村民是極度的樂善好施，與他們的交往也更廣了，比以前更常去拜訪窮人家的陋室。她因而贏得了好名聲，村民們都說她是一位不嫌棄窮人的善良小姐。這稱號哪有可能不流傳到韋斯頓先生耳裡呢，也因爲如此，她幾乎天天有機會在某個家庭或路上碰見他；同樣的，她也能從村民的閒談中得知他什麼時間可能出現在什麼地方，可能去爲某家的孩子洗禮，或是去探望哪個老人、病人、傷痛者或垂死之人，她便很巧妙地依據這些時間做安排。在這些活動中，她有時候會跟妹妹一起去（她不是用勸服，就是用賄賂來讓妹妹加入她的詭計），有時候會單獨前往，但如今從來沒讓我跟過，我等於被剝奪了見到韋斯頓先生的快樂，甚至連他與別人談話的聲音也聽不到了。聽他與別人談話儘管會讓我感到受傷或充滿痛苦，可對我來說，仍是莫大的幸福。我甚至連在教堂裡都看不到他，莫瑞小姐隨便找個藉口，就霸佔我一直以來的固定座位，於是除非我放肆地坐到莫瑞先生和夫人之間，否則便只能背對著佈道壇而坐，而我現在就是如此。

我現在再也不和兩位學生一道散步回家了。她們說夫人認爲全家有三個人走路，只剩下兩個坐馬車並不適當，要是天氣晴朗的時候她們想走路回家，我就有幸和家長一起搭車回家。「再說，」她們說：「妳走得不像我們這麼快，妳自己也知道妳總是遠遠落在後面。」我知道這都是無謂的託辭，但我沒有提出抗議，也不去反駁她們的話，畢竟太明瞭她們捏造這些藉口的動機。而在那難忘的六週裡，我再也沒在下午上過教堂。如果我患點傷寒，或是身體稍有不適，她們就更有理由要我留在家裡；她們通常會跟我說，那天下午她們不再上教堂了，而之後又佯裝改變主意，不跟我說一聲就溜去，等我發現她們改變主意時早已太晚，她們已經悄悄出門了。有一次，她們回家後生動地跟我說，她們在路上遇到韋斯頓先生時交談的情況。「他還問起妳是不是生病了呢，格雷小姐。」瑪蒂達說：「但是我們告訴他妳很好，只是不想上教堂——所以他可能以爲妳變壞了呢。」

所有平日我可能會遇到韋斯頓先生的機會，也在她們精心策劃下排除了。莫瑞小姐故意讓我幫她做很多事情，佔用我所有空閒時光，否則至少我會去看看可憐的南絲・布朗或其他人。不論她或是她妹妹忙不忙，總是有些畫要我完成、有樂譜要我抄，除了最多能在庭院附近散個步之外，就無暇再去做其他事情了。

有一天早上，韋斯頓先生總算被她們找到並攔住了，她們興奮地跑回來跟我說這次會面的情況。「他又再次問起妳耶，」瑪蒂達說道，儘管她姊姊悄悄地作了個蠻橫的暗示，要她閉嘴。「他覺得很奇怪，爲什麼都沒看到妳跟我們在一起。他想妳一定是生病了，因爲妳很少外出。」
「他才沒有這麼說呢，瑪蒂達，妳在胡說些什麼呀！」
「噢，羅莎莉，妳說謊！他有的，妳明知道的啊，而且妳——別這樣，羅莎莉——住手！我才不會讓妳這樣掐我呢！格雷小姐，羅莎莉告訴他妳身體很好，還說妳只顧埋在書堆裡，對其他事情都興趣缺缺。」
「他會怎麼想我啊！」我心想。
「那麼，」我問：「老南絲有沒有問起我呢？」
「有啊，我們跟她說妳太喜歡看書和畫畫了，其他什麼事也沒辦法做。」
「並不是這樣的。如果妳們能告訴她我實在是太忙了，無法去看她，應該更符合實情。」
「我不認爲這麼說比較符合實情，」莫瑞小姐回道，並突然生起氣來，「我確定妳現在有很多自己的時間，妳教書的時間這麼少。」
和這樣一個任性、毫不講理的人爭論，根本就是白費力氣，所以我盡量保持平靜。現在當我聽到不堪入耳的言語時，已習慣沉默以對；同樣的，當我的心中感到痛苦時，我總習慣換以平靜微笑來掩飾。我露出淡漠微笑，坐著聽她們講述與韋斯頓先生會面交談的情景時，只有那些曾和我有同樣遭遇者才能感受得到我心裡的滋味，而她們跟我講述這些，似乎能得到頗大樂趣。聽到種種關於韋斯頓先生的事情，根據我對這個人的瞭解，我知道這些話即使不是完全憑空揑造，也是過於誇大或歪曲事實。她們貶損韋斯頓先生來抬高自己（尤其是莫瑞小姐），我心裡的怒火讓我打算反駁她們，或至少表示出我的懷疑，但我不敢這樣做，唯恐一表露出我不相信的態度，即會暴露對他的關心。其他我聽到的事情，有一些我覺得是眞的，又害怕是眞的，但我還是要藏住自己對他的擔心以及對她們的憤怒，裝作若無其事的模樣。她們還暗示了其他一些說過的話或做過的事，讓我更想多知道一些，偏偏又不敢追問。時間就在焦躁不安中度過了，我甚至無法用這樣的話來安慰自己：「她很快便要結婚了，到時候可能就會看到希望的曙光。」

她結婚不久後我就要回家渡假，等我從家裡回來，很可能韋斯頓先生已經離開了，因爲我聽說他和教區長處不好（當然是教區長的錯），而他即將到其他地方去任職。

不！除了把希望寄託於上帝之外，我唯一的安慰就是想著：儘管他並不知道，可其實我比那迷人又風趣的羅莎莉・莫瑞更值得他的愛，因爲我懂得賞識他的優點，她卻不能。我願意奉獻我的生命來讓他更幸福，而她只會爲了滿足自己短暫的虛榮心而毀掉他的幸福。「噢，要是他能知道這其中的差異就好啦！」我想要誠摯地喊著。「但是不可能！我無法讓他看到我的心。儘管如此，只要他能瞭解她有多麼虛華不實、一文不値、冷酷無情又輕佻淺薄，那麼他就安全了，而我也將會——幾乎感到快樂，儘管我可能永遠再也見不到他了！」

寫到這裡，我擔心讀者可能會厭煩我這樣坦白地說出自己的愚蠢和軟弱。當時我並沒有向任何人說過這些話，即使我的姊姊和媽媽跟我同處於一室，我也不會提起的。我是一個內向又相當封閉的人，至少這件事是如此。我的祈求、眼淚、希望、恐懼和憂傷，唯有我自己和蒼天可以見證。

當我們受悲傷或憂慮所折磨，或長期受到一些只能埋藏自己心裡的強烈情感所壓迫時，我們既不能從其他人那裡得到或尋求安慰，又不能或不願意讓自己崩潰，因此我們常會很自然地從詩性尋求解脫，而且也經常能找得到。有時別人抒發情感的詩中，似乎與我們的情況類似，有時我們試著透過詩來表達自己的想法與情感，即使或許不是那麼有音韻性，不過可能更爲貼切，因此愈加深刻感人，且當下更能撫慰、振奮人心，紓解心頭的抑鬱與苦痛。

在此之前，我身處威爾伍德莊園及這裡，當我犯思鄉病而心情低落時，也曾有兩三次是從這祕密的慰藉之源尋求安慰；現在，我又再次奔向它，並懷著前所未有的渴望，因爲我似乎更需要得到安慰了。我還保存著這些過去的痛苦及經驗的殘片，那就像一根根立於我生命幽谷旅程中的石柱，見證著某些特殊的遭遇。現在這些足跡已然消逝，生命的風景或許亦有所改變，然而那些紀念石柱依舊立在那裡，提醒著我當時豎立時的種種情景。讀者可能好奇想看看這些詩，在此我想提供一首小詩，這些詩的字裡行間或許顯得有點悽冷，但那是因爲這詩幾乎是在極度悲傷下所寫出的：

噢，他們掠奪了我的希望，
那深藏於我心中的寶藏；
不讓我傾聽那聲音，
那我的靈魂樂於聽見的聲音。

他們不准我目睹那容顏，
那我心樂於見到的容顏；
而他們已奪走你所有的微笑
以及你給我的所有愛。

啊，就讓他們奪走一切吧；
但有一件珍寶仍歸我所有——
一顆對你思念的心，
瞭解你獨特的價值。

是的，至少她們無法奪走我的心，我可以日思夜想念著他，可以感受到他是一位值得我思念的人。沒有人比我更瞭解他，沒有人能像我這麼賞識他，也沒有人能比我更愛他——如果可以的話。然而，這就是問題所在！我百般思念一個從不想念我的人，又有什麼意義呢？這不是十分愚蠢嗎？不是十分荒謬嗎？儘管如此，既然我能從思念中得到深切的喜悅，且把這些感情深藏在心中，不會妨礙到任何別人，那又有何害處呢？我這麼自問。

也就是這樣的想法，讓我不想做出任何努力去掙脫我心中的枷鎖。但是，如果那些思念眞帶給我喜悅，那也是一種伴隨著苦惱的喜悅，幾近強烈的苦痛；我當時並沒有意識到，那樣的思念其實帶給我更多的傷害。毫無疑問的，一個比我更睿智、更有生命經驗的人，是不會沉溺在那樣的想法裡的。然而，怎能要我的目光從那光采奪目的物件移開，去看周遭晦暗荒涼的景象：擺在我眼前那條毫無歡樂、希望的孤寂小徑。我不該如此憂傷、如此沮喪，我應以上帝爲伴，把實現祂的旨意當作自己的終生幸福與職業，豈料信仰太過薄弱，熱情卻太過強烈了。

在這段如此擾人的日子裡，還有兩件事情同樣帶給我痛苦，第一件或許看來微不足道，卻讓我流了不少眼淚。史耐普，我那不會說話、外表粗野、有雙明亮眼睛的溫暖夥伴，也是我唯一可以去愛的對象，被帶走了，送給村裡那個以虐狗而聲名狼藉的捕鼠人。而另一件事則較爲嚴重，家書捎來的信中提到父親健康惡化。雖然信裡沒明確寫出噩耗，但我懸著一顆心，情緒低落，不由得擔憂那正等著我們的可怕災難。我似乎可以看到一抹烏雲聚集在家鄉的山頂上，聽到那即將席捲而來的暴風雨發出怒吼聲，似乎就要將我的家園摧殘成一片廢墟。

Chapter 18

# 第十八章 喜與悲

六月一日終於到來，羅莎莉・莫瑞小姐就要成爲阿斯比夫人了。她穿著結婚禮服時，漂亮得光采耀人。婚禮一結束，她剛從教堂回來就飛奔到教室，興奮得滿臉通紅，並笑著。在我看來，那有一半是出於高興，另一半則是她已決定孤注一擲了。

「現在，格雷小姐，我已經是阿斯比夫人了！」她喊道。「婚禮已經結束，我的命運已定，現在再也沒有退路可走了。我來接受妳的祝賀並跟妳道別，我馬上就要出發去巴黎、羅馬、拿坡里、瑞士、倫敦……噢，天啊！我在這趟旅程中將會見聞到多少新鮮事呀。但是妳可別忘了我。我也不會忘記妳的，儘管我一直都是個淘氣的姑娘。快啊，妳怎麼不向我道賀呢？」

「我現在還無法祝福妳，」我回答：「除非我看到這對妳來講眞是個好轉變，不過我衷心地希望如此。願妳得到眞正的快樂與幸福。」

「那麼，再見了，馬車正等著呢，他們也在喊我了。」

她匆匆吻了我一下，便急忙走了，但又突然轉回來，以我想像不到的熱烈感情擁抱我，走的時候還眼中帶淚。可憐的姑娘！那時我眞的愛她，並眞心原諒她以前對我——及對別人的傷害，我可以肯定，她不是有意這樣做的。我也祈求上帝寬恕她。

那令人憂傷的喜慶日子裡，我獲得一些可自由運用的時間。我心亂紛紛，無法專心做任何事情，於是便手拿著書走了好幾個小時，想的比看的多，因爲我心裡有太多事情需要思考。傍晚時，我又利用這段空閒時光去探望老朋友南絲，向她道歉說這麼久都沒來看她（久到好像對她漠不關心、毫無感情似的），告訴她我一直都很忙，這次要陪她聊聊天、唸點書、幫她做點活，任何她最高興的事情都可以；自然還要告訴她這個重要日子所發生的新聞，或許我也能從她口中打聽到一點點關於即將離任的韋斯頓先生的消息。但關於這件事，她似乎一無所知，她和我一樣，都希望這是誤傳。她很高興見到我，更令人高興的是，她的眼疾現在已快痊癒了，幾乎完全不需要我幫忙。她對這場婚禮甚感興趣，不過當我把婚禮的所有細節都告訴她，說婚宴有多盛大、新娘有多漂亮……，她卻常聽到搖頭嘆息，還說但願這場婚事會有好結果。看來她跟我一樣認爲，與其說是喜事，倒不如說是件悲傷的事。

我在她家坐了好一陣子，說這道那的，但始終沒有人上門來。

不知道我是否應該坦白：我有時會看向門口，心裡冀望著看到門打開，韋斯頓先生走進來，就像之前那樣。當我回程走過小徑和田野時，也會不時停下來四處張望，比正常速度還要慢得多，好在那天傍晚的天氣雖然晴朗，但不算太熱。我終於回到霍頓山莊，感到無限的空虛與失望，因爲我除了看到幾位農夫幹完活要回家之外，什麼人也沒碰到，就連遠遠看到某個模糊的身影也沒有。

不過，星期天就快到了，我到時應該可以見到他，現在莫瑞小姐已經走了，我又可以坐回原本那個角落。我應該可以從他的眼神、言語和神情中，看出她的出嫁對他有無引起任何苦惱。令人高興的是，我一點也沒看出任何差別，他的神情就和兩個月前完全一樣，聲音、眼神和神態似乎都毫無改變：他的佈道依然那麼深刻明實，他的風度依然那麼清朗有力，他的言行依然如此樸實眞誠，聽眾不但能聽到、看到，還深受感動。

我和瑪蒂達一起散步回家，但是，他並沒有加入我們。瑪蒂達現在傷心地失去可以玩樂的夥伴：她的兩個弟弟回學校去了，姊姊也結婚離家，而她還不到進入社交界的年齡；因此，她就像羅莎莉看齊，開始對交異性朋友產生了某種程度的興趣，至少喜歡和某些類型的紳士在一起。在這沒有狩獵或射擊活動沉悶的時節（儘管有，她可能也無法跟去），看到爸爸或獵場看守人帶著狗出去，回來時跟他們聊聊獵袋裡裝回哪些鳥，好歹也算有點事做。現在她再也不能享受和車夫、馬夫、狗、大獵狗爲伍的快樂了，因爲她母親在鄉下生活這麼不利的條件下，居然也能把大女兒的婚事安排得如此令人滿意，夫人那顆驕傲的心開始轉到小女兒身上，認眞注意起她來了，並開始驚訝地意識到瑪蒂達的行爲舉止有多粗野，覺得現在該是糾正她的時候，也終於發揮身爲母親的權威，完全禁止她到圍場、馬廄、狗窩和車房去。當然，瑪蒂達是不會絕對服從的，而儘管夫人一直以來對兒女相當縱容，但一生起氣來，脾氣可不像她對女教師的要求那樣溫和，她的命令是不容隨便違抗的。她們母女倆發生了一次又一次的爭執，那激烈場面教我看了都覺得難爲情，母親爲了讓女兒確實遵從她的命令，甚至常要借用父親責罵與脅迫的權威。畢竟就連他都看得出來，「蒂莉（瑪蒂達的暱稱），妳要是個小伙子倒還不錯，但可眞是沒個小姐樣兒。」這才使瑪蒂達終於瞭解到，最好還是不要踏進那些禁區，除非有時候能躲過母親的嚴密監視，偶爾偷偷溜去一次。

以上所述的這些事，別以爲我沒有受到任何指責或含沙射影的責難。隱言隱語的殺傷力，可一點也不輸公開指責，且更加傷人，因爲那似乎沒給人自我辯駁的機會。那位夫人常囑咐我要想一些辦法引起瑪蒂達的興趣，還要我提醒她，牢記母親的教誨、嚴遵母親的禁令。我已竭盡所能這樣做了，但是那些不合她意或興趣的活動，根本無法引起她的興趣；儘管我對她已不僅是提醒，盡力在一位家庭教師所授與的範圍內對她進行和婉的規勸，卻根本毫無作用。

「親愛的格雷小姐！這眞是太奇怪了。我想妳是沒有辦法的，因爲妳的性格就是如此——我想妳怎麼也無法贏得她的信任，但至少也要讓她跟妳在一起時，像和羅伯特或約瑟夫在一起那麼高興才是呀！」

「他們能和她聊她感興趣的事情。」我回答道。

「喔！不過從她的家庭教師口中說出這樣的話，可眞是奇怪！我想，要是家庭教師不去培養小姐的興趣，那應該由誰來做呢？我知道有些家庭教師完全是把自己和她們小姐的名聲連結在一起，讓她們的心靈及行爲舉止都贏得優雅大方的名聲，要是有人說一句不利於小姐的話，她們就會羞得臉紅；要是聽見別人稍加指責她們的學生，就會覺得比自己受責罵還要難過。我眞的認爲這是十分理所當然的事情，至少對我來講是如此。」

「是嗎，夫人？」

「是的，當然了，小姐具有良好的修養和儀態，對於一個家庭教師來講，比她本人及這個世界更爲重要。要是家庭教師想在事業上成功，她就必須奉獻全部精力在她所從事的工作上，所有想法及抱負，都是爲了實現那一個目標。當我們在考核家庭教師的表現時，自然要看她所教育的小姐，依她的造詣作出判斷。明智的家庭教師深諳此道理，她知道儘管自己從不爲人所見，學生的美德和缺點卻是大家都看得到的，除非她能忘我的投入教育工作中，否則就別想成功。妳看，格雷小姐，這就和其他各行各業一樣，不是嗎？想要成功的人，就得全心投入自己的工作，要是他們開始偷懶、鬆懈，很快就會遠遠落在其他更聰明的競爭對手後面；一個因怠忽職守而把學生毀了，另一個則以壞榜樣把學生帶壞了，都同樣要不得。請別介意我稍微這樣提醒妳，妳要知道，這都是爲了妳好。很多女主人會把話說得更重些，很多則根本懶得提醒妳，只是不動聲色地物色新教師。這當然是最簡單的辦法啦，不過我知道，這個職位對於像妳這種家境的人來講是頗有幫助的。我並不想解僱妳，因爲我可以肯定，只要妳好好想想這些事，多努力點，就會做得很好的。妳只是找不到好辦法，我相信妳很快就會找出對策，能夠對妳的學生有良好的影響。」

我正準備跟這位夫人說她的期望是很荒謬的，但是她一說完話，就儀態優雅地滑開了。她已經說完自己想說的話，根本不打算聽聽我的回答，聽話是我的義務，說話則不是。

正如我所說的，瑪蒂達終於在某個程度上屈服於母親的權威（可惜她母親沒有早點運用她的權威），她因此失去了幾乎所有娛樂，現在只剩下和馬夫一起騎馬長跑幾圈，或和家庭教師走一段長路，拜訪她父親莊園裡的農舍，跟住在裡面的老農夫、村婦閒聊消磨時間。有一次散步時，終於有機會遇到韋斯頓先生。這本來是我盼望已久的事，不過現在，眞正碰到的那一刻，我眞希望她或我並不在那裡。我覺得自己的心跳得好厲害，擔心自己會表露出激動之情，但我想他幾乎沒有看我一眼，因此我很快就冷靜下來了。他簡單的向我們打過招呼後，就問瑪蒂達最近有沒有收到她姊姊的來信。

「有啊，」她回答：「是她在巴黎時寫的。她很好，也很快樂。」

她最後那句話還用了強調語氣，眼神中帶著一種無禮的狡黠神情。他似乎並沒有注意到，只是非常嚴肅地用同樣的強調語氣回答說：「我希望她今後仍然如此。」

「你覺得可能嗎？」我大膽地問道，那時候瑪蒂達的狗正在追一隻野兔，她趕緊跑過去想把狗追回來。

「我也說不準，」他回答：「湯瑪斯爵士可能是比我想像中還要好的人。但是，根據我的所見所聞，對這麼一位年輕、開朗和有趣——如果要用一個詞來表達的話——的姑娘來講，未免有點太可惜了。她最大的缺點，如果不是唯一缺點的話，便是太過輕率，這確實不是小缺點，因為輕率會使人交友不慎，容易受到許多誘惑。不過，她就這樣嫁給那樣的人，似乎太可惜了。我想，這應該是她母親的意思吧？」

「是的。我想，也是她本人的意思，因為她嘲笑我勸她不要走上這一步。」

「妳眞的勸過她嗎？那麼，至少，若是這場婚姻有任何不幸結果，妳可以確信這不是妳的錯。至於莫瑞夫人，我眞不知道她如何能判斷自己的行為，要是我和她更熟稔的話，就會問問她。」

「這看起來頗奇怪，但有些人認為地位和財產才是最重要的，而且，要是他們能確保自己的孩子擁有這些條件，就覺得自己盡到責任了。」

「這倒是眞的。可眞是奇怪哩，這些人早已結婚，累積了豐富的生活經驗，怎麼還會有如此荒謬的想法？」

瑪蒂達這時氣喘吁吁地跑回來，手提著那隻被咬得血肉模糊的小野兔。

「莫瑞小姐，妳剛才是想殺死這隻野兔，還是想救牠呢？」韋斯頓先生問道，看到她開心不已的表情，顯然很困惑。

「我是假裝去救牠，」她非常誠實地回答：「因為現在根本不是打獵季。不過我比較喜歡看牠被咬死。你們倆都可以作證，我是想救也救不了的，是王子決定要逮住牠的；一把抓住牠的背，一眨眼工夫就把牠咬死了！眞是一場高尙的獵逐，不是嗎？」

「是啊！一位年輕淑女追著小兔跑。」

他的回答充滿了諷刺意味，而她也聽出來了，但是她聳聳肩，哼了一聲便轉過身來問我有沒有很享受這追獵之趣。我告訴她我一點也看不出那有什麼樂趣可言，不過我也承認，我並沒有認眞觀看追逐的過程。

「妳沒看到牠們是怎麼追逐的嗎——就像一隻老兔子，妳沒聽見牠尖叫嗎？」

「很慶幸我沒有聽見。」

「叫得像小孩子似的。」

「可憐的小東西！妳準備怎麼處置呢？」

「快來！我要把這兔子留給我們經過的第一個人家。我可不想把牠帶回家，爸爸恐怕會罵我不該讓狗咬死牠。」

這時韋斯頓先生走了，我們也繼續往前走。當我們把野兔留在一個農家，主人回請一些加香料的蛋糕和葡萄酒後，我們又在回程路上遇到韋斯頓先生，他應該剛結束牧師的某項職責。他手裡拿著一束美麗的藍鈴花，把花送給了我，並微笑著說，雖然最近兩個月很少看到我，他仍沒忘記藍鈴花是我最鍾愛的幾種花之一。這只是一種單純的善意舉動，並不算讚美或特別獻殷勤，眼神裡也沒有任何可以被理解爲「崇敬、溫柔的愛慕」（這是羅莎莉．莫瑞的用語），然而，自己那些無足輕重的話被牢牢地記住，且我沒有出現的時間，他竟也記得如此精確，這多少是一種安慰。

「我聽說，格雷小姐，」他說：「妳是個十足的蛀書蟲，完全沉浸在書本中，對其他什麼事都不感興趣。」

「是的，那是眞的！」瑪蒂達喊道。

「不是的，韋斯頓先生，別相信。那是惡意的誹謗。這些年輕小姐太愛信口胡說，也不管對她們的朋友會造成什麼樣的傷害，你聽她們的話時，也該謹愼才是。」

「無論如何，我想這些話是毫無根據的。」

「怎麼？你對女性讀書有什麼意見嗎？」

「不是的，只是我覺得任何人都不該太過執著於閱讀而看不到其他事物。除非是某些特殊情況，否則我認爲太過認眞或太常讀書皆是一種浪費，對身心健康都不好。」

「是啊，我既沒有時間，也不想犯這樣的錯誤。」

我們又再次道別了。

啊，這一切有什麼特別的呢？爲什麼我要寫下這個呢？因爲啊，我的讀者，這重要到足以讓我一整個晚上都快樂不已、一夜好夢，並迎來一個充滿美好希望的早晨。你們或許會說，那是沒有腦子的快樂、愚蠢美夢、毫無根據的希望，而我不敢否認這點，畢竟我的心裡也經常出現此番疑問。話說我們的希望就像火種：打火石和周遭的鋼鐵不斷撞擊出火花，這火花瞬間即逝，除非它偶爾落在我們希望的火種上，將之點燃，頃刻間希望之火就會引燃起來。

但是，哎呀！就在那天早上，在我心裡跳動的希望之火，被母親捎來的一封信悲慘地澆滅了，信中以極爲嚴重的口吻說父親的病情日益加重，我擔心他再也好不了了；儘管假期已近在眼前，我還是害怕假期來得太晚，怕自己再也無法在這世上見到父親。兩天之後，瑪麗又來信告訴我說，他的生命已燃盡，看來將不久於世了。於是，我馬上向主人請求提前休假，立即動身。莫瑞夫人瞪著我看，不解我何來如此不尋常的精神與膽量提出這個緊急要求，還認為我根本沒必要這麼著急。她最後答應了，不過她還是說：「哪兒需要這麼大驚小怪，或許只是虛驚一場呀。如果是這樣的話——唉，那是很自然的事，我們每個人都會死的，而且我不會把自己看成是世上唯一受苦的人。」最後她說，可以用家裡的敞篷馬車送我到O地。「不用煩惱啦，格雷小姐，妳應當感謝自己受到這般特殊照顧。有很多窮牧師一死，他的家人就會落入悲慘的處境；而妳呢，妳看，擁有舉足輕重的朋友願意繼續保護妳，幫妳照料一切。」

我對她的「照料」表示了感謝之意，隨即飛奔回房間趕緊準備動身。戴上我的帽子和圍巾，匆忙抓幾樣東西到大行李箱裡就下樓了。不過，我本該更從容地準備才是，因為其他人一點也不著急，還要等很長的時間馬車才會準備好。馬車終於來到門口，我就這麼出發了，可是，噢，這是多麼不安的一趟旅程啊！與以往幾次回家的情景全然不同！沒能趕上最後那班馬車，我只得僱一輛出租馬車趕十英里路，接著又換乘運貨馬車爬過那崎嶇的丘陵。一直到晚上十點半才到家，家人都還醒著。

母親和姊姊一起在走廊上迎接我，一臉憂傷的神情，沉默又蒼白！我震驚到簡直說不出話來，不敢詢問那個我既想知道又害怕的消息。

「艾格妮絲！」母親說道，竭力壓抑住激動的情緒。

「噢，艾格妮絲！」瑪麗哭喊著，眼淚潰堤而出。

「他怎麼樣？」我問道，急著想知道答案。

「走了！」

這是我早就預料到的答案，但是它帶來的震撼，似乎絲毫沒有減輕。

# 第十九章 信箋

Chapter 19

父親的遺體已經入土，我們個個一臉愁容、身著喪服，吃完簡單的早餐後繼續留在餐桌前，規劃著往後生活。我堅強的母親依然沒有被這痛苦打倒，儘管她的精神深受打擊，但並未被摧毀。瑪麗的想法是讓我再回霍頓山莊，母親則搬到她和理查森先生的教區去，和他們一起生活；她很肯定地說理查森就和她一樣，很希望母親能過去，而且這樣的安排對大家都好，因為母親閱歷豐富，對他們來講是無價之寶，而他們也會盡力讓母親快樂的。

但是無論我們怎麼勸說和央求，都改變不了——母親已決定不過去。這倒不是因為她對女兒的善意有絲毫懷疑，而是因為她自認只要上帝還賜予她健康和力量，她就要好好運用這些力量自己過生活、不麻煩別人，不論別人是否把照養她當作是一種負擔。只要她的經濟許可，可以自己租個小房子住在他們教區，她會優先選擇這樣的地方作為棲身之處。要是還沒到這樣的情況，她可不想住到他們家去，偶爾去拜訪他們就好了；除非等到將來，她生病或發生什麼不幸，或是老到無法照顧自己時，才需要瑪麗的幫助。

「不，瑪麗，」媽媽說：「如果妳和理查森能有些結餘，你們應該為了自己的家庭存下來，艾格妮絲和我必須自力更生，幸虧我還有女兒需要我來教導，沒讓我忘掉自己的才能。上帝的旨意，是要提醒我省思無謂的哀傷，」說到這裡，無論她怎麼強忍住淚水，眼淚還是流了下來。她擦乾淚水，堅強地抬起頭來繼續說：「我要自己努力設法在人多又有益健康的地方找個位置適當的小房子，可以在那裡招收幾名年輕小姐做寄宿生——要是招收得到的話——接著就會有很多日間生過來，或者說要是我們教得來的話。透過爸爸的親戚及老朋友，應該會送些學生過來，或者幫我們介紹，當然，這應該並不需要我自己去拜託他們。妳覺得怎麼樣呢，艾格妮絲？妳想離開目前的工作試試看嗎？」

「非常願意，媽媽，我存下的錢可以用來布置房子。我馬上把錢從銀行裡領出來。」

「需要的時候再提領就好了，我們得先找到房子，先做好準備。」

瑪麗想先把她那一小筆存款借給我們，但是母親拒絕了，說我們應該開始訂個有經濟效益的計畫。她想，有了我的全部或部分存款，再加上賣掉傢俱的所得，以及和親愛的爸爸在還清債務後努力爲她存下的一小筆錢，應足以撐到聖誕節。希望到了聖誕節時，在我們彼此同心扶持下，能累積些收入。我們終於訂下計畫，開始著手去打聽並做準備；當母親忙著做這些事情時，我得結束四週假期回霍頓山莊，通知主人當我們的學校在短期內準備就緒後，我就要離開了。

在我之前提到的那個早晨，也就是父親逝世後兩週，當我們正在討論這些事情時，有一封給母親的信送抵。看到這封信後，她臉上終於出現一層紅暈——她最近因爲憂慮地照護病人和過度悲傷而使臉色十分蒼白。

「是我父親的來信！」她低聲說道，並迅速打開信封。她已經有好幾年光陰沒有接到娘家的來信了。我當然很想知道信上寫了些什麼，她看信時，我注意觀察她臉上的表情，而我有點驚訝地看到她咬住嘴唇、眉頭緊蹙，像是生氣的樣子。當她看完信，隨手便把信往桌上一扔，帶著嘲諷的笑容開口。

「妳們的外祖父眞是非常仁慈，主動寫信給我。他說，他可以肯定我早就後悔自己這段『不幸的婚姻』，只要我認錯，並瞭解自己當年不該無視於他的忠告，才會受到如此苦痛，那麼他將重新恢復我小姐的身分——如果在我長期墮落之後，還能做到這一點的話——並在他的遺囑中加上我兩個女兒的名字。把我的書桌搬過來，艾格妮絲，把這些東西拿走，我要馬上回信。不過首先，我應該把我要答覆他的話告訴妳們，因爲我的答覆也會剝奪妳們的財產繼承權。

我想說的是，他不該以爲我後悔生下兩個女兒——她們是我終生的驕傲，也將成爲我晚年的安慰——或者後悔追隨跟我生活了三十年，我最好、最親密的伴侶。即使我們遭遇三倍的不幸——只要不是我帶來的——我依然因爲能與妳們的父親一起度過而更備感歡喜，並盡力給予他最大的安慰；而且，即使他遭受十倍的病痛，我也不會因照顧他、盡量減輕他的痛苦而後悔。如果他娶的是一位比我富有的妻子，他固然還是會遇到一些不幸和試煉，但我可以驕傲地猜想：沒有哪個女人可以像我在那樣不幸的生活裡，仍能讓他快樂。這並不是因爲我比別人優秀，而是因爲我是爲他而生的，而他也是爲我而存在的。我既不後悔我倆共同度過的一分一秒幸福時光，那是我們倆缺了另一方就無法感受到的幸福，我也不會因爲要擔負他生病時的看護、痛苦時的慰藉而懊惱。

這麼寫行嗎，孩子們？——或者我應該說：『我對於過去三十年所發生的事感到很抱歉，而我的兩個女兒都覺得不該把她們生下來。但既然不幸已然造成，她們將非常感激外公好心的贈與。』」

當然，我們倆都贊成母親的決定。瑪麗把早餐收拾乾淨，我則把書桌搬過來，信很快就寫好並寄出去了。從那之後，我們便再也沒有收到外公的信，直到很久以後，才在報紙上看到他的訃告——當然，他的所有財產都留給了我們那些富有、從未熟識的表親。

Chapter 20

# 第二十章　告別

我們在當時最受歡迎的濱海渡假勝地A城租下了一座房子，辦起私塾來，剛開始只有兩、三名學生答應要來。我再回到霍頓山莊，約莫是七月中旬，留下母親自己完成後續的租房手續、招收更多學生、賣掉故居傢俱、添置新設備。

我們常會可憐那些窮人，因爲他們無暇去哀悼死去的親人，生活迫使他們要在最傷痛的時候仍孜孜不息的工作。然而，積極工作不就是療癒最深切之悲痛——絕望的最佳良藥嗎？這或許是帖苦藥。當我們覺得人世間已乏歡樂可言時，似乎很難再去憂煩生活；當我們的心快碎時，似乎很難再有心力去工作，只希望能在沉默中以哭泣來舒緩難過之情。但是，難道工作不是比我們所企求的休息更有助益，能夠減輕那些壓在我們心頭的沉重苦痛，不會再沉浸於劇烈痛苦中？再說，如果沒有了希望，我們就無法忍受憂傷、焦慮和辛勞，哪怕那個希望只是要完成一些毫無樂趣的工作，執行某項必要計畫或是避免更多煩惱。無論如何，我樂見媽媽有那麼多工作要做，她有各方面的才能又熱愛工作。我們好心的鄰居相當憐惜她出身於富有的體面家庭，在如此憂傷之際，不應該再讓她陷入任何絕望困境；但是我認爲，要是她還有餘裕可以繼續留在那座房子而不必外出謀生，那麼她一定會比現在更痛苦三倍，因爲觸景傷情而憶起往日的幸福和最近的痛苦，一直鬱悶地思念、哀傷過世的丈夫。

我就不在此詳述自己離開故居、那熟悉的花園和村裡小教堂時的心情，凡此種種都讓我備感親切，因爲父親三十年來一直在這裡佈道和祈禱，現在也長眠於這裡的石牆下——即使是古老的光禿丘陵、荒涼的景色都讓人歡喜，狹窄的山谷，展顏於蒼翠的林木與閃閃發亮的流水間。那棟我誕生的地方、我童年時所熟悉的景色、我年輕時的生活重心，我從此要與這裡告別，再也不會回來了！是的，我即將回到霍頓山莊，那裡儘管邪惡，依然留有一股快樂的泉源。但是，快樂中還是摻雜著太多的痛苦，而我留在霍頓的時間，唉，也只剩六週而已。

時間就這麼一天天過去，我一直沒再見到他，除了在教堂之外，在回家前的兩個星期我都沒能再見到他。這對我來講似乎過了很久一段時間，且因我常陪我那個愛閒逛的學生出去，出去時總不禁懷著熱切希望，結果卻也總是令人失望。這時，我就會在心裡對著自己說：「這就是一個有力的證據——只要有一點智慧就會明白，或者願意承認——他並不在乎妳。只要他對妳的思念有妳的一半，他便會早日想辦法跟妳見面——妳只要捫心自問，就會明白這點了。因此，拋掉這個荒唐的念頭吧，妳不應該存冀任何希望的。馬上把這些有害的想法和愚蠢的希望從妳的心中除掉，回到妳自己的崗位，去迎接擺在妳眼前的單調生活吧。妳早該知道，這幸福並不屬於妳。」

我終於還是見到他了。那天我趁瑪蒂達騎著她那匹舉世無雙的母馬出去時，想去拜訪南絲．布朗，當我回家走在田野上時，他突然來到我面前。他一定聽說我失去親人的不幸。但是他並沒有向我表示同情，也沒講什麼安慰的話，反而一開口就問我說：「妳母親的身體好嗎？」這個問題有點突然，因爲我從沒告訴過他我還有母親；他知道這個，肯定是從別人那裡聽來的。然而，他問候我母親時，詢問的語調和神態都充滿了誠摯善意，甚至可以說是深刻動人和體貼般同情。我禮貌地感謝他，並對他說，母親身體還安康。「她打算做什麼呢？」這是他提的第二個問題。在目前情況下也不能指望她會有多好了，大部分人可能會認爲這是魯莽提問而隨便給個含糊回答，但這樣的想法並未閃現在我腦海中，我簡單地說明了母親的計畫和未來。

「那麼，妳很快就會離開這裡了嗎？」他說。

「是的，一個月內就要離開了。」

他停了一會兒，似乎陷入沉思。等他再次開口時，我本期望他會對我的離開表示關切，結果他只是說：「我想妳應該很想離開了吧？」

「是的，對某些事情來講。」我回答。

「只有某些事情而已，我不知道還有什麼會讓妳留念的！」

我對他這句話眞有些惱火了，因爲這讓我覺得很尷尬。只有一個理由讓我爲自己的離去感到遺憾，但這是深藏在我心裡的祕密，他沒有權利用這來煩擾我。

「爲什麼，」我說：「你爲什麼會覺得我不喜歡這個地方呢？」

「是妳自己告訴我的，」他決然地回答：「至少妳說過，要是沒有朋友，妳就無法快樂地生活。而妳在這裡並沒有朋友，也不可能交到朋友——再說，我知道妳準會不喜歡的。」

「要是你沒有記錯的話，我說過，或者想說，要是沒有朋友，我就無法快樂地生活在這個世界上；我不會無理地要求有個朋友永遠在我身邊。我想，我在一座充滿敵意的房子裡也可以快樂的，只要——」但是，不行，我不能繼續說完這句話。我就此打住，趕緊又說：「再說，要離開一個生活了兩三年的地方，難免會感到不捨。」

「離開莫瑞小姐妳會覺得遺憾嗎，那個妳現在僅有的學生和同伴？」

「我確定是有些遺憾。和她姊姊分別時，我也同樣感到難過。」
「這我可以想像。」
「而且，瑪蒂達小姐很好，在某些方面甚至比她姊姊還好。」
「哪些方面呢？」
「她很誠實。」
「那她姊姊不誠實嗎？」
「還不至於說不誠實。但我應該說，她比較會耍些小花樣。」
「她愛耍小花樣？我以前只知道她輕浮和愛慕虛榮，而現在——」
他停了一下又說：「我完全相信，她還愛耍花樣。但是有點太過度了，因爲她總是裝出一副非常純眞坦率的樣子。對了，」他若有所思地接著說：「這就解開了之前總讓我困惑不解的幾件小事。」
說完後，他便把話轉到一些較日常的話題。他一直陪我走到靠近莊園口才離開。爲了陪我，他繞了一點兒路，所以現在又往回走，消失在莫斯路上，那個以前我們曾一起走過的入口。對於這次相遇，我的確毫無遺憾。如果說我心中還留有一點憂傷，那是因爲他最後還是離開了——他再不會在我身邊和我一起散步，這次短暫而愉快的會面也結束了。他並沒有說出任何表示愛意的話，抑或流露出含有溫情、傾慕的暗示，然而我還是高興不已。這麼靠近他，聽他像剛才那樣說話，感覺到他認爲我是值得他那樣談話的人（能夠理解和充分體會他的談話），這就足夠了。
「是的，艾德華・韋斯頓，我身在一座充滿敵意的房子裡，眞也能感到快樂，只要有一位朋友，眞誠、深切、忠實地愛護我；如果這位朋友就是你，即使我們可能相隔很遠，難得聽聞彼此的消息，更難能見上面——儘管我可能會爲勞碌、痲煩和煩惱所困——我還是會感到無比的幸福！但是，誰說得準呢！」我對自己這麼說道，一面走向公園。「誰能告訴我，這一個月可能帶來什麼呢？我已經活了將近二十三個年頭，受過這麼多苦，嘗過的快樂卻寥寥無幾，難道我終生都該籠罩在如此陰霾下嗎？上帝有可能聽到我的祈禱，掃除這些陰影，賜給我幾道天堂之光嗎？難道上帝忍心完全拒絕賜予我幸福，隨便給那些並不向祂祈求且即使得到了也不知感恩的人嗎？我還能繼續保持希望和信心嗎？」我確實曾懷有過希望和信心，但是，唉！唉！時間逐漸流逝而去。一個星期又一個星期過了，除了和瑪蒂達小姐散步時曾遠遠看見過他一次，以及兩次短暫的相遇（那兩次幾乎沒說什麼話），就再也沒有見過他了，當然，只有在教堂見過。

現在，終於來到最後一個星期天、做最後一次禮拜的時候了。他佈道時，我的眼淚幾度忍不住要奪眶而出，畢竟這該是我最後一次聽他佈道了；我可以肯定，以後應不會再聽到這麼好的佈道了。禮拜結束了，會眾正在離去，我也必須跟著大家走出教堂。我在那裡見到了他，還聽到他的聲音，這也許是最後一次了。瑪蒂達在教堂的院子裡，突然被兩位葛林小姐喊住。她們問了許多關於她姊姊的消息，此外還問了些我不知道的事情。我只希望她們的談話能趕快結束，快快回到霍頓山莊，我很想躲進自己房間或是在院子裡找個僻靜角落，好好抒發自己的情感，痛痛快快爲我最後的告別哭一場，並憐嘆自己的錯望和無謂的幻想。就哭這一次，然後我將揮別那無益的夢想，自此，將只有那些嚴肅、實際和悲傷的現實能佔據我心。但是當我在想這些時，一個低沉的聲音在我身邊響起：「格雷小姐，我想妳這個星期就要離開了吧？」

「是的。」我回答時非常驚慌，若我太過歇斯底里，肯定會讓自己內心的感情表露無遺。感謝上帝，我當時並沒有如此。

「那麼，」韋斯頓先生說：「我要跟妳說聲再見了。妳走之前，我可能不會再見到妳了。」

「再見，韋斯頓先生。」我說。噢，我費了多大努力，才讓自己平靜的說出話來！我向他伸出手，他握住我的手幾秒鐘的時間。

「我們或許還會再見面的，」他說：「妳應該不會覺得我們無論見或不見都無所謂吧？」

「不，我非常樂意再見到你。」

我本該再說點什麼。他親切地握了握我的手，便離開了。現在，我又再度感到幸福……雖然我比之前更想哭。如果我當時還得繼續說話，最後一定會落得哭哭啼啼的，然而其實我並沒有忍住淚水。我走在莫瑞小姐身旁，別過臉去，沒注意她所說的話，直到她對我大聲喊道，問我是聾了還是傻了。接著我才恢復自制力，從心不在焉的狀態中回轉過來，突然抬起頭來，問她剛才說了些什麼。

Chapter 21

# 第二十一章　私塾

我離開霍頓山莊，前往A城的新居，和母親會合。整體來講，我看她身體健康，彷彿已接受命運的安排，精神也不錯，儘管有點悶悶不樂及嚴肅。一開始我們只有三名寄宿生和六名日間生，但希望在適當的管理和努力下，不久之後就能讓學生人數增加。

我打起精神，勉力擔起自己在新生活中所應負的責任。我稱之為「新生活」，乃因和母親一起在自己辦的學校工作，與受聘於一群陌生人間且受盡大人、孩子雙邊輕蔑與鄙視的工作可說全然不同，因此，最初那幾個星期我是很快樂的。「我們或許還會再見面的」以及「妳應該不會覺得我們無論見或不見都無所謂吧？」——這些話仍然迴繞在我耳邊、在我心裡徘徊不去，它悄悄地安慰我、支持著我。「我還會再見到他的。他可能會來訪或寫信給我。」沒有任何承諾，事實上，沒有太過明顯或充分的理由讓希望的訊息在我耳邊響起。我對希望女神的話一點也不相信，假裝笑看這一切，只是，我比自己所想的還要相信得多；否則，為何每當有人敲敲前門，女僕跑去開門並向母親說有一位紳士求見時，我的心會怦怦跳？而當我發現敲門的只是位想來求職的音樂教師時，便悶悶不樂一整天？當郵差送來兩封信，母親說：「來，艾格妮絲，這是妳的信」，並將信丟給我時，我怎麼會一時透不過氣來呢？當我看到信封上是男子筆跡時，臉怎麼會刷地一紅呢？撕開信，卻發現那只是瑪麗的來信，出於某種原因而由她丈夫代寄，我偏怎麼——噢！怎麼會有一股失望的冷潮來襲，幾乎讓人生病了呢？

難道眞的變成這樣哪，竟失望地收到我唯一姊姊寄來的信，就只因爲不是那位較陌生的人寫來的？親愛的瑪麗！她是如此好心地寫這封信，想著我收到信時會多麼高興！——我根本不配讀這封信！而且我對自己很生氣，認爲應該先把信放在一旁，等我調整好心態時，才配享有閱讀它的榮耀與權利。不過母親正看著我，熱切地想知道信上寫了些什麼，因此我讀了信並把信交給她，接著便跑到教室去照管學生了。

我督促她們抄寫和算術，在幫這邊學生糾正錯誤、責備那邊學生不肯用功的同時，也一直在心中更嚴厲地責備自己。「妳眞是個大傻瓜，」我的腦子對我的心說道，或者說是我那較嚴格的自我對較軟弱的自我如此斥責：「妳怎會妄想著他可能捎信給妳呢？到底是什麼讓妳抱持這樣的希望，認爲他會來看妳、爲妳而勞煩自己，或甚至會想到妳？」「到底有什麼根據？」——接著希望又把我們最後那次短暫的會面情景呈現在我眼前，重述了那些我死心塌地珍藏在心裡的話。

「唉，那些話又有什麼含義呢？誰會把希望寄託在如此脆弱的枝葉上？那些話裡有什麼是對一般朋友不能說的呢？當然，你們有可能再次見面呀，要是妳去的地方是紐西蘭，他也可能說這樣的話，但這並不表示他想見到妳。而接下來的問題，任何人可能都會這麼問的，妳又是怎麼回答的呢？——就只是笨拙、極爲普通的回答，就像妳會對莫瑞少爺或任何不熟悉的人所作的回答。」

「但是，那麼，」希望女神又固執地說：「還有他說話時的語氣和態度呢！」

「噢，那根本就毫無意義！他說話總是這麼令人難忘的。當時兩位葛林小姐和瑪蒂達・莫瑞小姐都在身前，還有其他人經過，他只得站在妳身邊，低聲跟妳說話，除非他想讓大家都聽見他說了些什麼。而這——根本就沒有什麼特別的——當然，他只是不想讓大家聽見而已。」

不過，還有最重要的一點。他堅決而親切地握住我的手，似乎在說「相信我」，此外還有許多其他的話——太讓人高興了，幾乎是好到連自己都不好意思再憶起。

「太愚蠢了——荒唐得不值得反駁，都只是憑空想像的，妳應該為此而感到害臊。只要想想自己那毫不動人的外貌，不惹人喜愛的拘謹和可笑的羞怯，這幾樣都讓妳顯得冷淡、呆板、笨拙，或甚至讓人覺得妳脾氣不好；如果妳一開始能夠直接想到這些，就一定不會再抱持著一堆自以為是的想法了。既然妳以前這麼傻，那麼現在就應該悔悟改過，不要再想這些了。」

我不能說我已完全遵從自己的要求，但隨著時間的流逝，依然沒有看到或聽到韋斯頓先生的消息，事實就越來越明顯了，最後，我也不再心存任何冀望，畢竟我自己心裡也清楚明白，這一切不過是妄想。然而，我仍思念著他，要把他的身影珍藏在心中，珍惜他留在我記憶中的每一句話、每一個眼神及每一個手勢，細想他的優點和特點，事實上，就是所有我看到、聽到或腦海中的他。

「艾格妮絲，我看這海濱的空氣和環境的轉換對妳似乎沒有什麼幫助呢，我從來沒看見妳這麼垂頭喪氣過。一定是妳坐太久，花太多心思在課堂上了。妳必須學著輕鬆看待事情，更活潑、快樂些，有時間就去做點運動，把最傷神的事情留給我處理就好。這些事情可以鍛鍊我的耐心，而且，或許還可以讓我的脾氣更溫和些。」

復活節休假期間，有一天早晨當我們坐下來工作時，母親這樣說道。我向她保證，我的工作一點也不繁重、身體也很好；若是要說有什麼問題的話，等春天這難捱的幾個月過去之後，馬上就會好轉的，一旦到了夏天，我就會如她所希望的那樣，健康又有精神。不過我心裡仍暗自驚訝於她如此敏銳的觀察力。

我知道自己精力日益衰退、食欲不振，越來越無精打采、垂頭喪氣。假使他眞的從沒把我放在心上，我再也見不到他了（假使我注定與他的幸福無關），永遠無法嘗到愛情的快樂，無法愛他或被他所愛，那麼生活對我來說無異於一種苦痛，天父若要召喚我回去，我將很樂意得到安息。但我不能撇下母親而死。我眞是個自私、可恥的女兒，竟會暫時忘了她！她的幸福不是有很大一部分繫於我嗎？還有那些學生們的幸福呢？我怎麼能在上帝給我的工作前退縮，只因這份工作不合我的興趣？難道祂會不知道我應該做什麼，應該奉獻在哪裡嗎？難道我還沒有完成自己的使命就想逃離，毫不奉獻就想贏取進入祂的國度安息的權利嗎？

「不，在祂的協助下，我將振作起來，孜孜不倦地致力於祂指定給我的責任。如果這世間的幸福非我所有，我將盡力增進我周圍人的幸福，以期在來世得到報償。」我在心裡這麼告訴自己。從那時起，我只允許自己偶爾忽然想起他，當作是難得的快樂。而且，不曉得是否眞的是因爲夏季來臨，還是因爲這些良好決定的影響，抑或是因爲時間的流逝，可能這些全都有所影響，我的心靈再度獲得平靜，身心的健康也漸漸穩定地恢復了。

六月初，我接到阿斯比夫人，也就是以前那位莫瑞小姐的來信。這之前，在她新婚之旅的不同時期，也曾寫過兩三封信給我，信中的她總是心情飛揚，表明她很快樂。每次接到她的信時，我總是會想：她在如此歡樂、多采多姿的生活裡，怎還會惦記著我。不過，她的信還是中斷了一段時間，看來她已忘了我，因爲她至今有七個多月沒來信了。當然，我並沒有爲此而傷心，心裡仍常惦記著她生活過得如何；故當這封信不預期地送達時，我非常高興。信是從阿斯比莊園寄出的，她終於在歐洲大陸和首都倫敦居留了一段時間後，回到莊園定居了。她爲自己許久沒跟我聯絡而致上深深歉意，並向我保證自己始終沒有忘記我，常想著要寫信給我，但總被其他事情耽擱了。她承認以前過著放蕩不羈的生活，我一定覺得她是個又壞又輕率的人，但儘管如此，她還是想了很多事，其中有一件就是，她很想見我。

信中寫道：

我們已經回來好幾天了，身邊卻連一個朋友也沒有，看來往後日子會相當無聊。妳也知道，我一點也不想和我的丈夫像一對海龜似的生活在巢裡，即便他是穿上衣服的生靈裡，最可人的一個。因此，請務必可憐可憐我，過來看看我吧！我想妳們學校的暑假應該和其他學校一樣從六月開始吧，因此妳不能藉口說沒有時間；而且妳必須要來，也一定要來——說眞的，妳要是不來的話，我會死的。我希望妳能以朋友的身分來拜訪我，在這裡多住些時日。就像我前面所說的，我在這裡根本就沒有伴兒，只有湯瑪斯爵士和阿斯比老夫人而已。不過妳不用擔心他們，他們不會常過來打擾我們。而且妳會有自己的房間，想休息的時候，隨時都可以回房休息，要是妳覺得和我在一起太無聊，這裡還有很多書可看。

我不記得妳是否喜歡孩子，如果妳喜歡的話，那就趕緊過來看看我的孩子，毫無疑問的，那是世界上最可愛的小娃兒；更棒的是，我根本就不需要費心照顧孩子——我已經打定主意不找這個麻煩。不幸的是，那是個女孩，湯瑪斯爵士爲此不肯諒解我。不過無論如何，只要妳肯來，我保證等孩子一學會說話，就請妳當她的家庭教師，妳可以按照應有的方式教育她，把她教養成比她媽媽更好的人。妳還能看到我的長毛狗，那是從巴黎帶過來的漂亮小傢伙，以及兩幅漂亮又名貴的義大利畫，可是我忘了作者是誰。妳想必能發現畫中的美妙之處，妳一定要告訴我所有美麗之處，因爲我只是道聽塗說胡亂欣賞而已。此外還有很多我在羅馬等地買的精緻古玩。

再說，妳也可順便瞧瞧我的新家，我一直渴望擁有的華麗住宅與庭園。唉！嚮往時的快樂竟是遠遠超過實際擁有！人的感覺眞是奇妙！我向妳保證，我現在已變成一位不折不扣的嚴肅老主婦了，請妳快來吧，即使只是爲了過來看看我身上的神奇變化。把妳的回覆交給回程郵遞，告訴我什麼時候開始放假，說妳放假的第二天就過來，一直待到假期的最後一天。請妳垂憐。

愛妳的羅莎莉・阿斯比

我把這封奇怪的信拿給母親看，並問她我該如何做是好。她建議我過去，我便這麼去了，心中盼望見見阿斯比夫人和她的小娃兒，並盡力給予安慰和建議幫助她，因爲我想她的生活一定不快樂，否則也不會向我提出這樣的要求。但是，有些感覺很快就浮現了，爲了她接受這項邀請，讓我做出相當大的犧牲，在很多方面也違背了自身情感，並未因爲以男爵夫人之朋友應邀前去拜訪的殊榮而讓我備感光榮。不過，我決定最多只在那裡待幾天的時間。而且我不否認，當時我想到阿斯比莊園離霍頓山莊並不遠，或許有可能見到韋斯頓先生，或者至少能聽到一些他的消息，這個想法給了我某種安慰。

Chapter 22

# 第二十二章　拜訪

阿斯比莊園確實是一座非常迷人的宅邸。莊園外觀十分宏偉，內部則寬敞又高雅；庭園寬闊又美麗，主要是因爲園內有巍峨的老樹、一群悠閒的鹿群，廣闊水面上伸展著老樹枒。由於這裡的地形沒有太大的曲折變化，只有些微起伏，大大地增添了莊園景色的魅力。這就是羅莎莉・莫瑞渴望擁有的地方，讓她決心入主這兒，無論女主人這個稱號要她付出什麼樣的代價，也不管與她共享榮耀與幸福的人是誰！算了！我現在並不打算指責她。

她極其親切地接待我。儘管我只是個窮牧師的女兒、家庭教師、一名小學教師，她仍舊真摯地歡迎我到她家作客，更讓我驚訝的是，她還費了點心思讓我舒服作客。我看得出來，她是眞的期望看到我會因爲她周遭的豪華氣勢留下深刻印象，我還得承認，看到她費力安慰我，免得我看到這麼富麗堂皇的景象而嚇著（太害怕要和她丈夫、婆婆見面，或者太過自慚形穢），這種態度讓我有些惱火。我一點也不自慚形穢，即使我穿得很普通，仍注意不顯得寒酸或小家子氣，倘若那位自以爲屈尊俯就的女主人別那樣刻意的話，我本來是頗自在的。而且，她身邊一切豪華的排場，都不及我對她外表的改變來得吃驚。不知是上流社會放蕩不羈的生活，或是其他不良影響所致，才不過一年多的光陰，在她身上所產生的變化，彷彿要過了很多年才會形成：她的身材已不再那麼豐滿，面色也不再紅潤，行動不如以前靈敏，精神也沒有過去充沛了。

我想知道她是否很不快樂，可我想這不是我該問她的事情；我應該盡量取得她的信任，但如果她選擇隱瞞婚姻中的煩惱，我也不會提出冒失的問題來煩她。因此，一開始我只是問候她的身體及生活，誇讚幾句美麗莊園及那個原本應該是男孩的女嬰。那個小女娃才七、八週大，她的母親似乎對她不特別關愛，最多也就是我預料她會表現的那個樣子而已。

我剛到不久，她就派女僕帶我到我的房間去看看是否所有東西都備齊了，那是個樸素的小房間，但相當舒適。當我再下樓時（考慮到女主人的感情，我還是換掉旅行重裝，梳洗打扮一番），她親自帶我去看另一間房間，她說，要是我想獨處，或是她忙著招待客人、或必須去陪婆婆、或被其他事情耽擱，無法享受與我爲伴的快樂時，就可以使用這個房間。那是間安靜、整潔的小起居室，我很高興能享有這樣的避風港。

「改天，」她說：「我會帶妳去看看藏書室。我從沒仔細看過架上的書，但是我敢說，那裡放滿了智慧之書，妳想看的時候，就可以到那裡去拿幾本書看。現在妳應該先喝杯茶吧，過一會兒就是用餐時間了，不過，我記得妳習慣一點鐘用正餐，這個時間妳可能想喝杯茶，我們用便餐時妳用正餐。妳看，妳可以在這個房間裡用茶點，就不用和阿斯比夫人及湯瑪斯爵士一起用餐了，否則會很尷尬——不是尷尬，不過可能會有點——嗯……妳知道我的意思。我想妳不會喜歡和他們一起用餐的，尤其是有時候還有些夫人、紳士會和我們一起用正餐。」

「當然，」我說：「我比較喜歡妳說的方式。妳若是不反對，我更喜歡都在這個房間用餐。」

「爲什麼要這樣呢？」

「因爲，我想這樣對阿斯比夫人和湯瑪斯爵士會更好些。」

「沒這樣的事。」

「無論如何，對我來講較方便。」

她稍作出反對的表示，很快就同意了。不過我看得出來，這樣的提議對她來講，多少有點放下一顆大石的感覺。

「現在，讓我們到客廳去吧。」她說：「更衣鈴響了，不過我現在還不想去，又沒人看，更衣有什麼用？況且我還有些話想跟妳說呢。」

客廳確實讓人驚豔，陳設相當高雅。但是當我們一進門，年輕女主人便看向我，似乎要看看我有多驚訝於這富麗堂皇的景象，因此，我決定像沒看到什麼特別之處般保持淡漠的態度。可這樣的態度只維持了一會兒，我的良知馬上低聲響起，「我爲什麼要爲了自己的傲氣而讓她失望呢？不——我寧願犧牲自己的驕傲，給她一點無傷大雅的滿足感。」於是我老老實實地張望著，並告訴她這是相當氣派的房間，布置得非常有品味。她沒說什麼，但我看得出來她十分高興。

她讓我看正蜷曲在綢緞墊上那隻胖嘟嘟的法國長捲毛狗，還讓我看了那兩幅精美的義大利畫。不過她並沒有給我時間仔細觀賞，推說改天再看，堅持要我先看她從日內瓦買來的那只寶石手錶。隨後帶我在房間裡轉了一圈，看她從義大利買來的各種古玩：一只高貴的座鐘，幾尊精雕細琢的白色大理石半身雕像、優美的小雕像和花瓶。她興致勃勃地談這些古玩，微笑聽著我讚美的話語，然而，她的微笑很快就消失了，緊隨著是一聲嘆息；似乎這些小玩意兒給人的快樂，並無法讓人心感到幸福，也無法滿足人心永不滿足的欲望。

接著，她伸展身子坐進一把躺椅，讓我坐在對面寬大的安樂椅，安樂椅不是放在爐火前，而是放在敞開的窗戶前。不要忘記，那時節是夏季，六月下旬一個甜美又溫暖的午后。我靜靜地坐了一會兒，享受那安靜、純淨的空氣，以及綿延在我眼前的優美莊園景色：一片綠意盎然與蒼翠，萬物沐浴在金黃色的陽光下，任餘暉畫出一道長陰影。但是我必須好好利用這個空閒時間，因爲我想問她一些事情，正如一般淑女寫信時的附註一樣，最重要的事情總是留在最後。我開始問起莫瑞夫婦、瑪蒂達小姐和兩位年輕少爺。

她說爸爸患了痛風，讓他脾氣變得很暴躁，偏又不肯放棄美酒和豐盛的午、晚餐，還爲此和醫生大吵了一架，因爲醫生跟他說，要是他仍這麼任性過生活，那他的病是無藥可醫的。至於媽媽和其他家人都很好。瑪蒂達還是一樣粗魯無禮，但她有了一位時髦的家庭教師，行爲舉止上有相當大的改進，不久就要進入社交界了；約翰和查爾斯現在正在家過暑假，總體來說，他們是「兩個英俊、大膽、不受教的淘氣男孩」。

「那其他人過得怎麼樣？」我問道，「像是葛林家。」

「啊！妳知道，葛林先生心都碎了，」她回答道，帶著沒精打采的笑容，「他還沒從失望中恢復過來，我想可能永遠都沒辦法了。他是注定要當老光棍了，而他妹妹們則竭力想嫁出去。」

「梅爾塞罕家呢？」

「我想，他們就跟以前那樣消磨著過日子，話說回來，我對他們家並不是很瞭解，除了哈利之外。」她說道，臉上泛起淡淡紅暈，又再次露出微笑。「我們在倫敦時常碰面，因爲他只要一聽說我們在那裡，就馬上趕過去，假裝去探訪他哥哥；他不是像影子般到處跟著我，便是像每次一轉身就會看到倒影般看到他。妳不用看起來這麼震驚，格雷小姐。我向妳保證，我很謹慎的，但是妳也知道，妳又沒辦法阻止別人愛慕妳。可憐的傢伙！他並不是唯一崇拜我的人，不過應是其中最惹眼的，而且我想，也是最死心塌地的。而那個可惡的——哼，湯瑪斯爵士鐵了心為他大發一場脾氣，或者是為我揮霍浪費之類的事情——我也不清楚究竟是為了什麼——非要催我馬上回鄉下來。我想，我這輩子是要在這裡當隱士了。」

她咬住嘴唇，面對她曾如此渴望擁有的美麗領土，怨恨地皺起眉頭。

「那海特菲先生呢，」我問：「他後來怎麼樣了？」

她又再次精神大振，高興地回答說：「啊！他向一位老處女求婚，也結婚了，才認識沒多久哩，八成仔細考量過她飽滿的荷包和漸逝的魅力後，期待能從金錢中找到他無法從愛情中找到的慰藉。哈，哈！」

「嗯，大概就是這些人了吧……還有韋斯頓先生，他現在在做什麼呢？」

「我不知道，這是眞的。他已經離開霍頓了。」

「多久的事情了？那他上哪兒去啦？」

「關於他的事情，我一點也不知道，」她回答時打了個呵欠，「只知道他大約一個月前走的。我從來沒問過他上哪兒了。」

我本來想問他是到別處謀生，還是到另一個教區當副牧師，但想想還是別問較好。

「他離職時，確實讓大家嚇了一跳，」她接著說：「大部分是因為海特菲先生對他不滿。海特菲並不喜歡他，因為他對一般民眾的影響力太大了，而且他對海特菲先生也不夠服從和恭敬……另外還有其他什麼不可原諒的過錯，我也不清楚是什麼。不過我現在眞的該去更衣了。鈴馬上就要再響了，要是我穿這樣去用餐，準要聽阿斯比夫人嘮叨個沒完。在自己家裡還無法作主，眞是奇怪！只要搖搖鈴，我就會派我的女僕過來，吩咐他們幫妳送茶點。只要一想起那個讓人無法容忍的女人——」

「妳的女僕嗎？」

「不是的，是我婆婆，噢，還有我不幸的錯誤！我結婚時，她本來說要搬到別處的，當時我眞是太笨了，竟然敦請她繼續住在這兒幫我理家。因爲，第一點，我希望我們一年中大部分時間在城裡度過；第二點，我這麼年輕又沒有經驗，只要一想起要管整個宅邸的僕人、安排每一頓餐、籌備宴會等事情，難免害怕，我想她會以她豐富的經驗來協助我。可我作夢也沒想到，她竟然會是個奪權者、暴君、夢魔、間諜……所有最可恨的東西。我眞希望她死掉！」

她轉身向男僕下命令，那名男僕像支箭般站得直挺挺，已在門內站了有半分鐘時間，聽到她最後指責婆婆的那幾句話，儘管他知道自己在客廳應該裝出木然不覺的表情，聽到那些話後仍不禁露出自己的反應。我隨後提醒她男僕一定聽到了，她回答說：「喔，不打緊的！我從來沒把僕人放在心上。他們只是些機器人，主子說什麼或做什麼，對他們來講就像沒發生過的事兒，不敢傳出去的；至於他們會怎樣想——要是他們敢想的話——當然，誰也不會在乎的。我們的舌頭要是讓僕人給綁住了，可不太妙了！」

她一面說著，一面匆匆忙忙地跑去梳洗打扮了，讓我自己摸索回起居室，用餐時間一到，便有人送茶點來。用過茶點後，我便坐在那裡細想阿斯比夫人過去和目前的狀況，以及我從她那兒聽到那麼一點點韋斯頓先生的消息，我知道，在我平靜又單調的生活中，是不大可能再看到或聽到更多關於他的消息了；因此，從今以後，看來我的生活除了雨天和烏雲密佈的陰天之外，就別無選擇了。然而，我終於還是開始厭煩自己的想法，眞想找到女主人跟我提起的那間藏書室，不曉得是否應該繼續呆坐在這裡，直到上床就寢。

因爲我還買不起手錶，不知道已經過了多少時間，只能看窗外景物的陰影慢慢拉長；一幕幕的景象在我眼前變換著，像是莊園的一角，有一片樹叢，頂端的枝椏歇滿吱吱作響的一群白嘴鴉，而另一堵有一扇厚實大木門的高牆，應是通往馬廄的大門，因爲從莊園那頭修築一條寬闊的車道直通過來。這道牆的陰影很快就完全遮沒了我所能看到的那段庭院，一吋吋地逼退金色陽光，最後只能躲到樹頂上去了。不一會兒，樹頂也蒙上陰影，那是遠山的影子，或者說是這片土地本身的影子。我很同情那群忙碌的白嘴鴉，才看到牠們的居住地沐浴在燦爛陽光下，現在卻蒙在陰鬱暗淡的世界裡，或者說那只是我內心世界的返照。有一段時間，那群翱翔在高空的白嘴鴉，翅膀還沉浸在陽光中，將黑色的羽毛染上一層橙黃色的色調與光彩；最後，連這些光彩也不見了。夜幕逐漸降臨，白嘴鴉變得較安靜了，我這廂卻變得愈加煩躁，希望明天就回家。大地終於黑了，我正打算搖鈴讓僕人送支蠟燭來，好讓自己回房睡覺，這時女主人出現了，她爲自己把我撇下這麼久深感抱歉，說這全得怪那個「討厭的老太婆」，她是這麼稱呼她婆婆的。

「要是我不坐在客廳陪湯瑪斯爵士喝酒，」她說：「她就認爲這是不可原諒的；而且，要是他一進客廳我就離開——這發生過一兩次——就是對她親愛的湯瑪斯犯下不可饒恕的過錯。她說她從未這麼不尊重她的丈夫。至於說到感情，她認爲現在做妻子的從不需要想到這個，但在她那個年代並不是這樣的。說得就好像我坐在那裡會有什麼益處似的，現在他心情不好時什麼也不做，光只會發牢騷和罵人；心情好時就淨說些讓人討厭的廢話；酒喝得迷迷糊糊的，連罵人的句子和廢話都吐不出來時，就倒在沙發上睡覺。現在他常這樣睡覺，因爲他實在無事可做，只好一直喝酒。」

「妳爲什麼不試著找些更有用的事情來讓他忙，將他的不良習慣革除呢？我敢說，妳絕對有說服力和資格讓一位紳士生活得更有趣，這是許多女士想要擁有的本領呢。」

「妳以爲我會費心讓他快樂嗎！不，這不是妻子的義務，應該是丈夫要讓妻子快樂才是，而不是妻子要讓丈夫快樂。如果丈夫對妻子本身不滿意，或者不知感激能擁有她，那麼他便配不上她，就這樣。至於說服他這點，我跟妳保證，我才不會自找麻煩呢！要容忍他那樣的人就夠我受的了，別指望我能改變他。不過我很抱歉讓妳自己一個人待這麼長的時間，格雷小姐。妳剛才做了什麼呢？」

「大部分時間都在觀察那些白嘴鴉。」

「天啊，妳一定無聊得很！我眞應該帶妳去藏書室的，另外，妳需要什麼，儘管搖鈴，就當住在旅館，讓自己過得舒舒服服的。我想讓妳快樂其實是出於自私的理由，因爲我希望妳能陪我，千萬別可怕地威脅說只待一兩天就要走了。」

「好了，今晚別再讓我把妳留在客廳外面了，現在我累了，想上床休息了。」

Chapter 23

# 第二十三章　莊園

隔天早晨，我在快八點之前下樓（因爲我聽到遠方的報時鐘聲）。我看不到有早餐的跡象，等了一個多小時才有人送過來。到藏書室這樣的想法仍是無望的，我獨自吃完早餐，又極爲不安和不自在地等了一個半小時，不曉得該做些什麼好。終於，阿斯比夫人過來跟我道早安了。她告訴我她剛用過早餐，現在想讓我陪她到莊園散個步。她問我起床多久了，聽到我的回答後，她表示深深的歉意，並再次答應要帶我去看看藏書室。我建議她最好立刻帶我過去，之後便不用再爲記不記得這回事而操心了。她答應了，但有個條件，就是現在先別想著要看書或花心思在書本上，因爲她想趁著天氣還不會太熱之前，帶我去逛逛花園，在莊園裡散個步。的確如此，現在就已經有點熱了。當然，我欣然同意她的建議，於是我們就出去散步了。

我們在園裡散步時，一邊聊著她在旅行期間的所見所聞，有一位紳士騎馬經過我們身邊。才剛經過我們身邊，他就轉過頭來緊盯著我的臉，我也因此有充分機會看清楚他的容貌。他身形高瘦，身體虛弱得雙肩微佝，臉色蒼白，不過臉上有些黑斑，眼皮周圍紅得很醜，長相平凡，整體看來一副無精打采的樣子，只有從嘴巴和那雙陰沉無情的眼睛看得出一點點邪惡神情。

「我討厭這個傢伙！」他騎馬小跑著走開時，阿斯比夫人低聲說道，口氣有點苦辣。

「那位先生是誰？」我問道，眞希望她不是用這樣的語氣說自己的丈夫。

「湯瑪斯・阿斯比爵士。」她以讓人沮喪的鎮靜語氣回答道。

「妳討厭他，莫瑞小姐？」我說道，因爲當時我太震驚了，竟喊起她以前的稱呼。

「是的，的確如此，格雷小姐，而且我還看不起他。要是妳知道他的爲人，就不會責怪我了。」

「但是妳結婚前就知道他的爲人了。」

「不，我只是自以爲如此，其實我一點也不瞭解他。我知道妳不贊成這樁婚事，曾警告過我，要是我當時聽妳的話就好了，可惜現在後悔莫及了。再說，媽媽應該比我們倆更瞭解他，她卻從沒說過一句反對的話，且不斷敲邊鼓。當時我眞以爲他愛慕我，會讓我按照自己的方式過生活：起初，他確實裝出這副樣子，豈知他現在一點也不關心我。我本來可以不理會這些的，他愛怎麼著都隨他，只要我能自己找樂子並住在倫敦，或者是在這裡有幾個朋友；但現在卻是他可以隨心所欲做他想做的，而我落得像個囚犯和奴隸。他一發現我沒有他，照樣可以活得很開心，且別人比他更懂得我的價值，這個自私的傢伙就開始指責我賣弄風情和愛慕虛榮，還辱罵哈利・梅爾塞罕連給他擦鞋子都不配。所以他非要我到鄉下來，過著修女般的生活，否則我可能會丟他的臉、毀壞他的名譽，渾然不知自己其實在各方面都要壞上十倍：賭債、賭桌、歌劇女伶、他的這位小姐跟那位太太的——是呀，還有他那一瓶瓶酒、一杯杯摻水的白蘭地！啊，我甘願付出一切代價，再回復到莫瑞小姐的身分！我覺得自己爲了這麼一頭畜生，白白浪費生命、健康、美貌，既得不到同情也得不到任何賞識，眞是太糟糕了！」她喊道，心裡的苦惱幾乎讓她掉下眼淚。

當然，我相當同情她，也惋惜她對幸福的錯誤看法和對責任的疏忽，以及那位與她命運緊緊相連的不幸配偶。我盡可能地勸慰她，並給她我認爲最需要的忠告：建議她可以先好言相勸，用她的善意、模範及勸導，勉勵她丈夫改過自新；接著，若是她已盡一切努力，仍發現他無可救藥，那就盡量別和他牽扯在一起，保持自身的美善，將他所帶來的煩惱降到最低。我勸她從對上帝和人類應盡的職責中尋求安慰，把自己交託給天國，以關心及照顧她的小女兒來讓自己快樂。我向她保證，當她看到女兒越來越健康聰明及反饋眞摯親情時，她就會得到滿足的回報。

「但是我無法把自己完全奉獻給一個孩子，」她說：「她也許會死。這不是不會發生的。」

「只要細心照顧，很多體質柔弱的嬰兒也會長成健壯的成人男女。」

「不過她可能會變得像她父親一樣令人無法容忍，我會討厭她的。」

「不會這樣的。她是個小女孩，簡直和她母親同一個模子刻出來哪。」

「那有什麼！我倒寧願是個男孩子——只是他父親不會給他留下遺產供他揮霍。看著一個女孩兒把我的光采遮蓋掉，享受著我永遠也無法享受的快樂長大，這有什麼好高興的？好吧，就算我心胸寬大，能從中得到快樂，但她畢竟還只是個孩子。我不能把所有的希望都寄託在孩子身上，這只比妳奉獻自己去養一條狗稍微好一點而已。至於妳一向努力對我灌輸的智慧和美德，我敢說全部都很正確及合宜，若是我比現在老個二十歲，我可能會從中受益，但是人年輕時總要及時行樂呀，要是別人不讓他們這麼做——唉，他們一定會爲此而懷恨的！」

「要讓自己快樂最好的辦法就是行得正及不要憎恨任何人。宗教的目的並不是教我們如何去死，而是教導我們如何生活；你越早成爲有智慧和美善的人，幸福就越有保障。現在，阿斯比夫人，我想再勸妳一句，那就是，別把妳的婆婆當作敵人。不要將她拒於千里之外，也別老是以妒忌和不信任角度來看待她。我從未見過她，不過關於她的評論，我聽過的有好有壞，我想，儘管她平常對人冷淡傲慢，甚至要求苛刻，但她對達到她眼中要求的人，是格外讚賞的；另外，雖然她盲目地溺愛她的兒子，倒還不是那種沒有原則、毫不講理的人。要是妳能表示出一點點善意，採取友善坦誠的態度，甚至向她訴說心中的苦痛——眞正的痛苦，妳絕對有理由抱怨的——我敢肯定過了一段時間，她會成爲妳身邊一位忠實朋友，給妳安慰和依靠，而不是像妳所說的那麼可怕。」

但是，我想這些勸告對這位不幸的年輕夫人並沒有起多大的作用，我發現自己實在幫不上什麼忙，只是讓我在阿斯比莊園接下來的日子更加痛苦而已。但我還得在那裡多待兩天，因爲我已經答應她了。不過，我拒絕了她要我繼續住下去的一切懇求和勸誘，堅持後天早上就離開，堅稱我不在家母親會感到孤單的，而她迫切地盼望我回去。儘管如此，當我跟可憐的阿斯比夫人道別，把她留在那華麗的家時，心情不免沉重。她竟會如此渴望我能留下來安慰她，熱切希望一個在整體品味和看法上都不同的人來陪她，這就是她深陷不幸最有力的證據——她在燦爛的時光裡把我完全忘掉，當她心中的欲望有一半能得到滿足時，我出現在她面前就只會惹她嫌惡，絕不會讓她開心。

Chapter 24

# 第二十四章　沙灘

我們的學校距離市中心不遠。快到A城之前，從西北方向過來時會看到一排體面的房舍，坐落在白色大道兩邊，屋前都有一片小庭園，窗上掛著百葉窗，幾級小階梯通往裝著銅把手的精緻屋門。我和母親住在其中最大的一間，還有那些朋友和一般大眾委託我們教育的年輕小姐。我們距離海邊尚遠，中間隔著交錯的街巷和房舍。不過大海會讓我心情愉快，我常高高興興地穿過城鎮，享受在海濱散步的樂趣，無論是帶著學生，或放假時只有我和母親兩個人去都一樣。無論是什麼時間、什麼季節，對我來說都十分快活，但我特別喜歡海風狂嘯時以及晴朗清新的夏日早晨過去。

從阿斯比莊園回來後的第三天早晨，我很早就醒來了，陽光穿過百葉簾子，我心想，趁世上有一半人們還在睡夢中時，獨自走過寧靜的城鎮到沙灘散步，該是多麼快活的事啊。我很快下定決心，起身行動。我當然不想吵醒母親，便躡手躡腳地下樓，安靜開門。我穿戴整齊出門時，教堂的鐘剛好敲了五時三刻。整個街道予人一種清新活潑的氣息，當我走出城鎮，雙腳踩在沙灘上，面對著遼闊明亮的海灣時，筆墨也無法形容那水天連成一片的深邃蔚藍與清澈，明亮的晨曦照灑在一道岩壁圍構的半圓形屏障上，後面一片翠綠山群繞著它，加上平滑廣闊的沙灘，以及伸向大海的低矮岩石（上面覆蓋著海藻和青苔，就像是一座座蒼綠的小島），尤其最動人的是燦光閃閃的海浪。還有那純淨無比又清新的空氣！當時的熱度剛好增添微風的舒適度，風的強度也剛好可以吹起波浪，讓海浪雀躍地蹦跳在海岸上，濺出泡沫和燦光。這裡一片寧靜，除了我以外不見其他人影。我是第一個將腳印留在堅實而完整無瑕之沙灘上的人，昨夜潮水已把前一天最深的足跡洗滌去了，在這之後還沒有任何人的腳踩過這裡，留下一片乾淨又平整的沙灘，只有一些退潮時留下的小水坑和小水流。

清新、愉快、充滿活力，我就這麼走在沙灘上，忘卻一切煩憂，彷彿腳上長了翅膀，即使走上四十英里路也不覺得累，重新體驗到一種自年少以來未曾再享受過的歡樂。大約六點半左右，馬夫開始到這裡來幫他們主人溜馬，先來一匹，接著又一匹，後來約有十多匹馬和五、六名騎士；不過這並不妨礙我，因為他們不會到我現在要去的那片低矮岩塊區。當我踏上岩塊，走在潮濕滑溜的海藻上（冒著跌進岩石間各個潔淨鹹水坑的危險），又踏上一塊長滿青苔的小岬角，海水在岬角四周拍濺著，我再次轉頭回望，看看有沒有人過來。那裡依舊只有早起的馬夫和他們的馬，以及一位紳士帶著一隻狗跑在他前頭，看上去像個黑色小斑點，還有一輛水車從城裡開過來，運載海濱浴場用水到這兒。再過一兩分鐘，遠處的更衣車就會開始移動，到時，生活規律的老紳士和嚴肅的貴格會①女士即將紛紛出來進行健康晨間散步。儘管這番情景饒有趣味，但我無暇多顧，因為陽光和海水是如此耀眼，讓我只朝那方向望了一眼後又轉過身來，快樂地欣賞、聆聽海水拍打岬角及飛濺的浪花及潮水聲——海浪並不太大，交結的海藻和隱沒在水底的岩石打散了海浪力道，否則我應該很快就被浪花淹沒了。不過潮水不斷漲起，海面直直往上升，灌滿了海灣和湖泊，海峽跟著變寬了，是該尋找更安全的立足點了。於是我走著、跳躍著、跌跌絆絆地回到平滑寬闊的沙灘，並決定大膽地登上那些懸崖再回家。

沒過多久，我聽到身後有呼鼻聲，有一隻狗蹦蹦跳跳地來到我腳邊。那正是我的史耐普，那隻黑色的小捲毛犬！當我喚牠的名字時，牠登時跳到我臉上，快樂地吠叫著。我跟牠一樣歡喜，雙手抱住牠，不停地親吻牠。可是史耐普怎麼會到這裡來呢？牠總不可能從天上掉下來或自己跑這麼遠的路，要不是牠的主人（那個捕鼠人）便是另有人帶牠過來的。於是，我先控制住自己對牠的關愛，也盡力克制牠的歡樂，隨即看向四周，而我看到了——韋斯頓先生！

「妳的狗還記得妳呢，格雷小姐，」他說道，並溫暖地握住我伸出的手，當時我根本不清楚自己在做什麼了。「妳起得眞早。」

「我不常像今天這麼早起。」我回答道，以驚人的鎭靜，仔細思量這件事的所有情況。

「妳打算走到多遠的地方去呢？」

「我正準備回家。我想，應該差不多是時候了。」

他看了看錶（現在是一只金錶了），跟我說現在才七點五分。「不過，妳肯定走了很久一段時間了。」他說，並朝城鎭的方向轉過去。這時我已經慢慢地往回走了，他則走在我身旁。

「妳住在城裡的哪一邊呢？」他問。「我怎麼找也找不到。」

怎麼找也找不到？那麼說他一直努力在找我囉？我告訴了他我們家的地址。他詢問我們的計畫進展得如何。我回應說我們做得不錯，聖誕節過後學生增加了不少，我們預期這學期結束之前，學生人數還會增加。

「妳一定是位很棒的老師。」他說。

「不是的，家母才是呢。」我回答：「她事情管理得有條不紊，積極、聰明又仁慈。」

「我很想認識令堂。如果我登門拜訪，妳願意幫我引見嗎？」

「當然，樂意至極。」

「妳能允許我享有老朋友的殊榮，偶而到妳家拜訪嗎？」

「是的，如果……我想應該可以。」

我的回答眞是愚蠢，但事實上是，我認爲自己在未徵得母親許可之前，無權邀請任何人到她家裡去。如果我當時回答爲「是的，如果母親不反對的話」，那便會顯得我對那個問題的理解程度超過一般預期；因此，我只能假設母親不反對，所以我又說：「我想應該可以。」當然，要是我更機靈點的話，應可把話說得更慧點、更有禮貌些。我們沉默地繼續走了約一分鐘，韋斯頓先生很快化解了這尷尬的氣氛（這對我眞是鬆了一口氣），開始聊起早晨天氣很晴朗及海灣之美，接著又談起A城跟其他許多時髦的濱海渡假勝地相較起來，擁有更多優點。

「妳沒有問我，我怎麼會到A城，」他說：「妳總不會以爲我富有得可以到這裡渡假吧。」

「我聽說你已經離開霍頓了。」

「那麼妳沒有聽說我已經取得F鎭的教會職務？」

F鎭離A城約兩英里遠。

「沒有，」我回道：「即使是在這裡，我們也過著與外界隔絕的生活，我沒有什麼消息來源，除了透過報紙這類的媒介。不過我希望你喜歡你的新教區，我可以恭喜你得到這個職位嗎？」

「我希望再過一兩年，我會更喜歡我的教區，等我實行我一心想進行的改革，或者至少能朝這個目標往前邁進幾步。不過妳現在可以先恭喜我，因爲我發現，能有一個可以完全自己作主的教區，沒有人會干涉——阻撓我的計畫或破壞我所做的努力，是件多棒的事。此外，我在某塊不錯的區域擁有一間堪稱體面的房子，以及一年三百鎊的薪資。事實上，除了孤單之外，我沒什麼好抱怨的，我只希望能找到一位伴侶，其他別無所求了。」

他說完話時眼睛看著我，那雙閃亮的黑眼睛似乎要讓我的臉著起火來，我感到很困窘，因爲在這樣的節骨眼，是不容許顯出半點慌張樣的。因此，我努力想掩飾這般窘境，急忙用些詞不達意的話語來回應，否認剛才他所言並非指特定某個人，我主要是想說，等他熟悉附近的人之後，應不乏滿足此要求的機會，從F鎮附近的居民中尋找——或者他若是想擴大範圍的話，甚至可含括A城的遊客。我沒意識到這個想法有恭維之意，聽了他的回答後才讓我意識到這一點。

「我還沒有自大到認爲自己可以如此，」他回答：「儘管妳這麼對我說。倘若情況眞是如此，我對選擇終身伴侶這件事終究保有獨特想法，因此可能無法在妳提到的那些女士中找到合適人選。」

「如果你要求完美的話，可能永遠也找不到。」

「我並不要求完美。我沒有權利這樣要求，因爲我自己離完美仍遠得很。」

一輛送水車隆隆地經過我們身邊，打斷了這段談話，我們現在已經走到沙灘上較繁忙的地帶，因此之後的八到十分鐘，我們穿梭在水車、馬匹、驢子及人群之間，沒有什麼交談的餘地，直到我們背對大海，開始沿著那條通往市中心的陡峭馬路往下走。此時，我的同伴伸出手臂讓我挽著，我也接受了，儘管我並不是把它當作支撐用。

「我想，妳應該不常到沙灘來吧。」他說：「自從我到這裡之後，已經到沙灘散步過好幾回了，早晨跟傍晚都曾來過，在此之前卻沒見到妳。有好幾次，當我穿過市中心時，也四處尋找妳們的學校，但始終沒想到是在那條街上——我打聽過一兩次，都沒能得到正確的訊息。」

當我們踏上斜坡時，我準備把手從他手臂中抽回，但他臂肘輕輕夾緊些，暗示他並不想我這麼做，我便恭敬不如從命地接受了。我們繼續談著各種不同話題，慢慢走進市中心，穿過好幾條街道。我看得出來他爲了陪我，特別繞了點路，回去時可能要走上很長一段路。我擔心他是出於禮貌的考量而造成自己不便，因此我說：「我恐怕讓你繞遠路了，韋斯頓先生。我想往F鎮去的路，該是在另一邊。」

「我送妳到下一條街底。」他回答。

「你哪天要來見家母呢？」

「明天，如果上帝允許的話。」

下一條街底幾乎快到我家了。然而，他就在那裡停步向我道別，接著叫史耐普。那隻狗似乎有點迷糊了，不知道應該跟牠的故主走，還是跟著新主人走，但牠聽到新主人的呼喚，就從我身邊跑開了。

「我不想把牠還給妳，格雷小姐，」韋斯頓先生微笑著說：「因爲我喜歡牠。」

「噢，我不會跟你要的，」我回答：「現在牠有了好主人，我很放心。」

「這麼說，妳肯定我是個好主人囉？」

他帶著狗離開了，我回到家裡，滿心感謝上帝賜給我這麼大的幸福，並向上帝祈禱這次的希望不要再落空了。

譯註：

①基督教的貴格會教徒，沒有牧師，強調內心啓示。

Chapter 25

# 第二十五章　結局

「哎呀，艾格妮絲，妳以後早餐前可別再做這麼長的散步了。」我的母親囑咐道，因爲她看到我又喝了一杯咖啡外什麼東西也沒吃，只藉口說天氣太熱，走太久的路後身體過於疲累。我確實覺得身體發燙，也很疲累。

「妳做事總是走極端。現在，妳要能每天早晨散一小段步，並能持續不斷這麼做，才算是對妳有幫助。」

「會的，媽媽，我會的。」

「但是這比妳躺在床上或埋在書堆裡看書更糟，妳眞把自己累壞了。」

「我不會再這樣了。」我說。

我正在苦苦尋思要怎麼告訴媽媽韋斯頓先生的事情，因爲我得讓她知道他明天要來拜訪。而我直到桌上的早餐都收拾乾淨後，才較爲鎭定與冷靜。接著，我坐下來畫畫時，便開始提說了。

「我今天在沙灘上遇見一位老朋友，媽媽。」

「一位老朋友！會是誰呢？」

「其實是兩位老朋友。其中之一是條狗，」我提醒她那是史耐普，我之前曾跟她提過那段故事，接著說起今天早上牠意外出現在我面前，且仍清楚地記得我。「而另外一位，」我繼續說：「是霍頓的副牧師，韋斯頓先生。」

「韋斯頓先生！我以前從沒聽說過他。」

「有的，您曾聽過的。我提起過幾次，我想，不過您不記得了。」

「我聽妳說過海特菲先生。」

「海特菲先生是教區長，而韋斯頓先生是副牧師。我提起他時，總是拿他來和海特菲先生比較，說他是一位更有能力的神職人員。總之呢，他今天早上帶著狗出現在沙灘上，我猜想那隻狗是他從捕鼠人那裡買過來的；而且，他也跟史耐普一樣，清楚地記得我。也可能是因為那隻狗的關係，我和他聊了一會兒，他問起我們的學校，我便接著說起您，並說您管理得很好。而他表示很想認識您，問我他明天是否能冒昧前來拜訪，於是我回說願意為他引見。我這麼說對嗎？」

「當然。他是個什麼樣的人？」

「他是個非常值得尊敬的人，不過明天您就會見到他了。他是F鎮的新教區牧師，才剛上任幾個星期，我想他應該還沒能交到什麼朋友，想要有點社交活動。」

第二天到了。從早餐到中午這段時間，我心裡一直不安地熱烈期待著。中午時他來了！我將他介紹給母親後，就拿著手邊的活兒到窗邊去做，坐在那裡等著他們談話的結果。他們談得十分融洽，這讓我大感欣慰，因為我很擔心母親會怎麼看他。這次他並沒有待太久，但當他站起身來告辭時，母親說她很高興見到他，任何他覺得方便的時候都歡迎再次來訪。他離開後，我很開心地聽到她說：「哎呀！我想他是一個非常明理的人。但是妳怎麼坐得那麼後面呢，艾格妮絲，」她又說：「而且話說得那麼少？」

「因為您說得這麼好，媽媽，我想您並不需要我在旁幫腔。再說，他是您的客人，不是我的。」

在這之後，他常過來拜訪我們，每星期總會來幾次。他通常和我母親聊得較多，這並不奇怪，因爲她是個擅長交談的人。我幾乎都要忌妒媽媽談起話時那種自由生動又流暢的樣子，且都能讓人認同她所說的每件事——然而，我並沒有如此，因爲儘管我偶爾也會由於他的關係，遺憾自己不善言辭的缺點，但還是高興自己能坐著聽我在世上最喜愛和尊敬的兩個人，一起談得如此融洽、如此有智慧、如此的好。再說我也不是一直都沉默不語，一點兒也未被忽視。我受到重視的程度恰如我的期望，從不缺少親切話語和更爲慈愛的目光，無盡的體貼注意，那種細緻微妙的感情雖難以用語言表達，亦無法形容，但我的心卻深深感受到了。

我們之間很快就不拘泥於禮節了，韋斯頓先生成了家中常客，任何時候都歡迎他，一點也不會打擾我們的生活。他甚至喚我「艾格妮絲」，第一次叫我的名字時還有點害羞，但是他發現這麼叫我並沒有冒犯到任何人，比起「格雷小姐」來，他似乎比較喜歡這個稱呼，而我自己也是。他不來的日子，顯得多麼抑鬱煩悶！可是還不至於悲慘，因爲我仍記得他最後一次來訪的情景，加上期待著他下一次的來訪，爲我帶來歡喜。但要是接連兩三天沒見到他，我就會感到極度不安。這相當愚蠢、荒唐，畢竟他當然有他自己的工作以及教區的事務要去處理。我眞怕假期結束後，我自己的工作也要開始，有時候便會見不到他，有時候（當母親在教室時）……又得和他單獨在一起。我根本不期望在家裡出現這樣的情況，雖然在外面和他碰面、一起散步，絕不是不愉快的事。

然而，暑假最後一週的某個傍晚，他來了，簡直出乎意料之外，因爲下午的雷陣雨幾乎已讓我放棄見到他的希望。但這時雷雨停歇了，陽光燦爛明媚。

「眞是個美麗的傍晚，格雷太太！」他進門時這麼說道。「艾格妮絲，我希望妳能陪我散步到——」他說了海濱某個地方的名字，岸邊是陡峭的山，面海則是險峻的岩石，站在山頂上可以望見壯麗的景色。「雨水洗滌了塵埃，空氣清涼又潔淨，那裡的景色肯定非常壯觀。妳想去嗎？」

「我可以去嗎，媽媽？」

「當然可以啦。」

我回房準備，幾分鐘後就又下樓了；當然，我比單獨出去買東西花更多時間在儀容上。這場雷陣雨的確為天氣帶來了好影響，傍晚的景色實在太宜人了。韋斯頓先生讓我挽著他的手臂。穿過擁擠的街道時，他並沒有說什麼話，但走得非常快，有點嚴肅、心事重重的樣子。我渾然不曉發生了什麼事，心中有一種說不出的恐懼，怕他心裡藏埋不愉快的事情；我胡亂猜想著會是什麼事，擔心之餘，我也變得嚴肅又沉默。當我們走到城鎮清靜的外圍時，這些奇想頓時消失無蹤，因為那座悠古的教堂、那座山和山後深邃蔚藍的大海一映入眼簾後，我發現我的同伴一下子變得神情愉快了。

「恐怕對妳來講，我走得太快了，艾格妮絲，」他說：「剛才我急著想離開城鎮，忘了問問妳是否跟得上。不過現在，妳想走多慢，都隨妳高興。喏，從西方那些明亮的雲彩看來，落日絕對會很美麗，我們走得再慢，也來得及看到海上的落日。」

當我們走到半山腰時，我們再度陷入沉默，一如往常，仍是由他先打破沉默。

「我的房子到現在依舊缺乏人氣，格雷小姐，」他笑著說：「我現在已經認識了教區裡所有的女士和幾位城裡的女士，另外還有許多我見過和聽過的女士，但可惜其中沒有一個適合做我的伴侶。事實上，這世界上只有一個人合適……那就是妳。我希望能知道妳的決定。」

「你是真心的嗎，韋斯頓先生？」

「眞心誠意！妳怎能覺得我會拿這種事情開玩笑呢？」

他把手放在我挽住他手臂的那隻手上。他一定感覺到我的手在顫抖，不過現在這並不是重點。

「我希望我剛才沒有太魯莽，」他以嚴肅的語氣說：「妳應該知道我並不善於恭維人、說些無用的甜言蜜語，甚至不會吐露出我心中的愛慕之情。但我的一句話、一個眼神，比許多其他人的甜言蜜語和熱烈的表白意涵更深切。」

我表明我捨不得離開母親，並說沒有她的同意，我不會做出任何決定。

「妳剛才去戴帽子時，我已經和格雷太太說好了，」他回答：「她說如果我能得到妳的同意，也就等於得到她的同意。於是我問她，我若眞能得到這樣的幸福，那麼請求她來和我們一起生活，因爲我可以肯定妳更喜歡如此。但是她拒絕了，說她現在請得起一位助手了，打算繼續辦學，直到存下一筆足夠讓她在舒適住宅中生活的儲蓄爲止；在這段時間內，她會輪流到我們家和妳姊姊家渡假，妳能幸福，是她莫大的喜悅。所以現在由於妳母親的緣故，反對的理由已經不能成立了。妳還有其他不接受的理由嗎？」

「不，沒有了。」

「那麼妳的心屬於我囉？」他熱情地握住我的手說道。

「是的。」

*　　　　*　　　　*

我的日記就在此打住，我將日記彙整成這些篇章，並說得更深入些。我本來還可以繼續寫上許多年的故事，但如今只想再補充幾句：我永遠也不會忘記那個光輝的夏日傍晚，永遠都記得那令人愉快的陡峭山丘和峭巖邊，我們站在那裡攜手欣賞燦爛的落日映照在我們腳下那片永不停息的浩翰大海上，心中充滿對上天的感恩、幸福和愛，激動得幾乎說不出話來。

幾個星期後，母親請到一位助手，我也成了艾德華．韋斯頓的妻子，而且從未發現任何後悔的理由，我可以肯定，以後也永遠不會後悔。我們曾經有過考驗，我們知道今後仍會再有，不過只要我們牽著彼此的手，就能走過任何考驗，我們會努力讓自己和對方變得更加堅強，面對最後的離別——對於較晚過世的一方來說，這將會是一切痛苦中最難以承受的。但是只要我們心中牢記，我們還會在那沒有罪惡、沒有憂傷的光榮國度裡再度相會，那也就能夠承受得起了。在那個時刻來臨之前，我們要努力為上帝的榮耀而活，上帝已經在我們的人生道路上賜與如此的幸福了。

艾德華憑著他堅毅不懈的努力，讓任職教區有了令人驚訝的變化，受到教區居民的尊敬和愛戴，這是他當得的；身為凡人固然不會沒有缺點（任何人都不會完美無缺），但是身為一位牧師、丈夫或父親，我認為誰也挑不出他的毛病。

我們的孩子，艾德華、艾格妮絲和小瑪麗看來都前景堪造。他們的教育暫時主要由我來負責，不會缺少母親關愛所能給與的一切美好事物。我們微薄的收入足以應付生活所需，在較為艱苦的日子，我們學會節約過活，從不想仿效那些富裕鄰居，我們不但過得舒適滿足，每年為我們的孩子存下點錢，而且還能拿出錢來幫助那些需要的人們。

現在，我想我已經把要說的話都一吐而盡了。

國家圖書館出版品預行編目資料

艾格妮絲・格雷／安・白朗特（Anne Brontë）著；
伍晴文翻譯 .
—— 初版 . ——臺中市：好讀 , 2011.11
面：　公分，——（典藏經典；44）

譯自：Agnes Grey

ISBN 978-986-178-207-2（平裝）

873.57　　100015832

好讀出版

典藏經典 44

# 艾格妮絲・格雷

原　　著／安・白朗特
翻　　譯／伍晴文
總 編 輯／鄧茵茵
文字編輯／林碧瑩
美術編輯／謝靜宜
行銷企畫／陳昶文
發 行 所／好讀出版有限公司
台中市 407 西屯區何厝里 19 鄰大有街 13 號
TEL:04-23157795　FAX:04-23144188
http://howdo.morningstar.com.tw
（如對本書編輯或內容有意見，請來電或上網告訴我們）
法律顧問／甘龍強律師
承製／知己圖書股份有限公司　TEL:04-23581803

總經銷／知己圖書股份有限公司
http://www.morningstar.com.tw
e-mail:service@morningstar.com.tw
郵政劃撥：15060393 知己圖書股份有限公司
台北公司：台北市 106 羅斯福路二段 95 號 4 樓之 3
TEL:02-23672044　FAX:02-23635741
台中公司：台中市 407 工業區 30 路 1 號
TEL:04-23595820　FAX:04-23597123

初版／西元 2011 年 11 月 15 日
定價：240 元
如有破損或裝訂錯誤，請寄回知己圖書更換

Published by How-Do Publishing Co., Ltd.
2011 Printed in Taiwan

ISBN 978-986-178-207-2

# 讀者回函

只要寄回本回函，就能不定時收到晨星出版集團最新電子報及相關優惠活動訊息，並有機會參加抽獎，獲得贈書。因此有電子信箱的讀者，千萬別吝於寫上你的信箱地址

書名：艾格妮絲．格雷

姓名：＿＿＿＿＿＿＿ 性別：□男□女　生日：＿＿年＿＿月＿＿日

教育程度：＿＿＿＿＿＿＿＿＿＿＿＿

職業：□學生　□教師　□一般職員　□企業主管

□家庭主婦　□自由業　□醫護　□軍警　□其他＿＿＿＿＿＿＿＿＿＿

電子郵件信箱（e-mail）：＿＿＿＿＿＿＿＿＿＿＿＿ 電話：＿＿＿＿＿＿＿

聯絡地址：□□□＿＿＿＿＿＿＿＿＿＿＿＿＿＿＿＿＿＿＿＿＿＿＿

你怎麼發現這本書的？

□書店　□網路書店（哪一個？）＿＿＿＿＿＿＿＿ □朋友推薦　□學校選書

□報章雜誌報導 □其他＿＿＿＿＿＿＿＿＿＿＿＿＿＿＿＿＿＿＿＿＿

買這本書的原因是：＿＿＿＿＿＿＿＿＿＿＿＿＿＿＿＿＿＿＿＿＿＿＿

□內容題材深得我心 □價格便宜 □封面與內頁設計很優 □其他＿＿＿＿＿＿

你對這本書還有其他意見嗎？請通通告訴我們：

＿＿＿＿＿＿＿＿＿＿＿＿＿＿＿＿＿＿＿＿＿＿＿＿＿＿＿＿＿＿＿＿

你買過幾本好讀的書？（不包括現在這一本）

□沒買過 □ 1 ～ 5 本 □ 6 ～ 10 本 □ 11 ～ 20 本 □太多了

你希望能如何得到更多好讀的出版訊息？

□常寄電子報 □網站常常更新 □常在報章雜誌上看到好讀新書消息

□我有更棒的想法＿＿＿＿＿＿＿＿＿＿＿＿＿＿＿＿＿＿＿＿＿＿＿

最後請推薦五個閱讀同好的姓名與 E-mail，讓他們也能收到好讀的近期書訊：

1.＿＿＿＿＿＿＿＿＿＿＿＿＿＿＿＿＿＿＿＿＿＿＿＿＿＿＿＿＿＿

2.＿＿＿＿＿＿＿＿＿＿＿＿＿＿＿＿＿＿＿＿＿＿＿＿＿＿＿＿＿＿

3.＿＿＿＿＿＿＿＿＿＿＿＿＿＿＿＿＿＿＿＿＿＿＿＿＿＿＿＿＿＿

4.＿＿＿＿＿＿＿＿＿＿＿＿＿＿＿＿＿＿＿＿＿＿＿＿＿＿＿＿＿＿

5.＿＿＿＿＿＿＿＿＿＿＿＿＿＿＿＿＿＿＿＿＿＿＿＿＿＿＿＿＿＿

我們確實接收到你對好讀的心意了，再次感謝你抽空填寫這份回函

請有空時上網或來信與我們交換意見，好讀出版有限公司編輯部同仁感謝你！

好讀的部落格：http://howdo.morningstar.com.tw/

請填妥後對折黏貼，直接投郵即可，無須貼郵票。

| 廣告回函 |
| --- |
| 台灣中區郵政管理局 |
| 登記證第 3877 號 |
| 免貼郵票 |

# 好讀出版有限公司　編輯部收

407 台中市西屯區何厝里大有街 13 號
電話：04-23157795-6　傳眞：04-23144188

沿虛線對折

## 購買好讀出版書籍的方法：

一、先請你上晨星網路書店http://www.morningstar.com.tw檢索書目或直接在網上購買

二、以郵政劃撥購書：帳號15060393 戶名：知己圖書股份有限公司並在通信欄中註明你想買的書名與數量

三、大量訂購者可直接以客服專線洽詢，有專人為您服務：客服專線：04-23595819轉230 傳眞：04-23597123

四、客服信箱：service@morningstar.com.tw